『虹の図書室』代表作選

中国語圏児童文学の作家たち

日中児童文学美術交流センター編

小峰書店

この本を手にした皆《みな》さんへ

日中児童文学美術交流センター副会長　きどのりこ

目を閉じると、悠久《ゆうきゅう》の自然の中で、また都会生活の喧騒《けんそう》の中で、遊び、学び、また多くの課題に立ち向かいながら成長していく中国の子どもたちの姿が浮《う》かんできます。それを映して流れる「児童文学」という清冽《せいれつ》な流れも……。

「児童文学」は、アジアの国々や地域の中でも独自の分野として形成され、発展してきました。封建的な子ども観からの脱却《だっきゃく》の歴史、「風土」や「家族」を大切にすることなど、アジアの児童文学は日本を含《ふく》めて多くの共通した特色を持っています。また現代の子どもたちが直面するさまざまな問題も共通しています。

とりわけ中国の児童文学は「五・四運動」と呼ばれる新しい思想運動にともなう歴史を持ち、その流れの成果は多くのすぐれた作品を生み出しています。

魯迅《ろじん》の弟の周作人《しゅうさくじん》は、児童文学に深い関心を寄せ、その評論の中で、世間の大多数の大人は自分が子どもであったにもかかわらず、とっくに子どもの心を失くしているのは不幸なことだ、とすでに一九二二年に述べています。

しかし言語の壁《かべ》は厚く、中国語圏《ちゅうごくごけん》のすぐれた児童文学はなかなか日本に紹介《しょうかい》されることが少なかったのですが、一九八九年に日中児童文学美術交流センターが、日本の過去の侵略《しんりゃく》戦争のような歴史を再びくり返さないという「不戦の誓《ちか》い」とともに発足し、交流が始まりました。その中で、中国の児童文学作品を紹介する雑誌『虹《にじ》の図書室』が、一九九五年に創刊されました。それ以後、第一巻としての二十号を経て、第二巻の二十号（通巻四十号）まで発行されました。十七号では国際アンデルセン賞を受けた曹文軒《ツァオウェンシュエン》の特集が組まれています。第二巻は翻訳者《ほんやくしゃ》たちの勉強の場ともなっています。

この、まさに海を越《こ》えて架《か》けられた虹の橋のような雑誌によって、私たちは中国語圏の多彩《たさい》な児童文学や童詩を読めるようになりました。その『虹の図書室』第一巻の中から、特にすぐれた作品を選んだのが本書です。いずれも現代を代表する作家たちによるこの傑作選《けっさくせん》は、十二年の歳月《さいげつ》を経て編まれました。日本の若い人びとに本書が届くことを、アジア児童文学に関心を持つ者として、とても嬉《うれ》しく思っています。

『虹の図書室』代表作選

☆

中国語圏児童文学の作家たち

もくじ

装幀　倉科明敏
本文画　津田櫓冬
篠崎三朗
長野ヒデ子
若山　憲

高学年向

赤いひょうたん

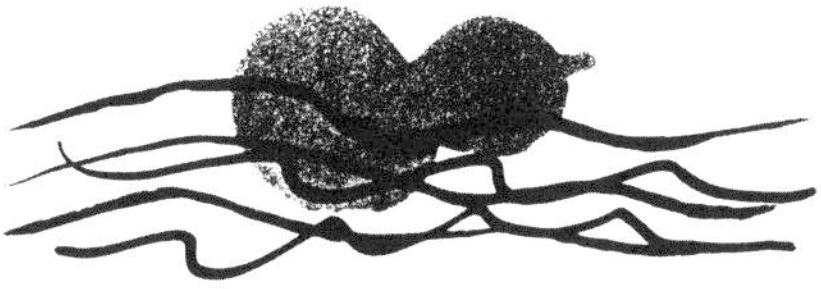

曹《ツァオ》　文軒《ウェンシュエン》　作
中由美子　訳

（『虹の図書室』創刊号、1995年）

1

ニョーニョー（妞妞）が家の外へ出ると必ず、ワン（湾）という男の子が真っ赤《まっか》なひょうたんをかかえて、大川で遊んでいるのが見える。ワンが見えるとすぐ、ニョーニョーは顔をそむけ、垣根《かきね》をはうキュウリのつるを見るか、反対側の小さな木のまたのまんまるい鳥の巣を見る。そうでなければ、顔をあげて、ハトの飛んでいる真っ青《まさお》な空を見あげる。でも、耳には、ワンの足がたたくバタバタという水音がひびいている。そしてしまいには、やっぱりその二つの目で、大川にいるワンを見てしまう。ただ、わざわざなんでもないようなそぶりをしてだけれど。

ニョーニョーは、この男の子のことをほとんど何も知らない。たった一つだけ知っているのは、男の子の父親が、このあたりで有名な大ペテン師《し》だということだけ。

この川は長い川で、川幅《かわはば》も広い。ニョーニョーの家とワンの家が、川をはさんで向き合っている。川のこちら側には、ニョーニョーの家だけ。川の向こう側にも、ワンの家だけしかない。どこまでも広がっているこの世界に、ぽつんと、二軒《けん》の家だけしかないみたいだ。

大川は一日じゅう、流れているのがわからないほどゆっくりと流れている。たまに、遠くからきた苫船《とまぶね》が通る。ギィーギィーという櫓《ろ》の音が、静けさをひとしきり際立《きわだ》たせてから、ゆっくりと川の果てに消えていく。

いまは夏。両岸のアシが知らぬ間に育っていて、片方《かたほう》の岸から向こう岸を見ると、屋根のてっぺんが一すじ見えるだけ。そのほかはみんなアシにかくれている。

毎日、日がのぼるとすぐ、ワンが両手でアシをかきわけて川べりにあらわれる。ワンはまず赤いひょうたんを川にほうりこみ、それから、体に水をかける。水はいくらか冷たい。ワンはおおげさに身ぶるいをし、ぶるぶるふるえながら、空を見あげて大声をあげる。そして勢《いきお》いよくとびこむと、手と足で力いっぱい水をたたき、できるかぎり大きな水音をたてる。

青い水にうかぶ赤いひょうたんは、のぼったばかりの小さな太陽のようだ。

このあたりの子どもが川で泳ぐときには必ず、かわかした大きなひょうたんをかかえている。町の子が使う浮《う》き袋《ぶくろ》と同じことだ。船の上でくらしている子どももみな、腰《こし》にひょうたんをぶらさげている。落ちておぼれるのを心配してだ。たぶん、目立って見つけやすいようにだろう、ひょうたんは真《ま》っ赤《か》にぬられている。

赤いひょうたんが水面でゆれ、太陽の光にきらめいている。

ワンは両手で力いっぱい水をたたいて、水しぶきをあげる。かと思うと、すばやく体をまわし、手で水の上にまるい輪をえがきだす。空中に上がった水しぶきはうすっぺらな滝《たき》のようで、太陽の光に虹《にじ》のようにきらめく。

ニョーニョーの黒いひとみは、そんなようすや、音や色の誘惑《ゆうわく》に勝てやしない。水を見、〈滝《たき》〉を見、はだかのワンと赤いひょうたんを見るしかなかった。

ワンは、川の向こうの二つの目がとうとう自分を見た、と気づいた。そこで、できるかぎりのことをして自分を見せつける。

すっぱだかで水面に横になり、片手《かたて》を頭の下に、もう片方《かたほう》の手はだらんと赤いひょうたんのくびれにのせ、みじろぎもしない。まるで気持ちのいい大きなベッドの上で、ぐっすりねむっているようだ。ゆるやかな川の流れのままに、ワンもゆるやかに流れていく。

ニョーニョーはびっくりしていた。けれど、川の水の浮力《ふりょく》にびっくりしているのか、それともワンの泳ぎにびっくりしているのか、自分でもわからなかった。

風向きのせいで、ワンがニョーニョーの方へ流れてきた。岸の上のニョーニョーは水面を見おろし、はじめてはっきりとワンを見た。強く印象《いんしょう》に残ったのは、「ワンはステキじゃない、びっくりするぐらいやせた男の子だ」ということ。

ワンはすっかりねむりこけているようだった。腕《うで》をのばしたかと思うと、くるりとひっくり返り、水面に腹《はら》ばいになった。ワンはちらっとニョーニョーを見る。ニョーニョーはもう自分に注目しはじめていると、ワンは思った。ワンは頭を水につっこみ、背中《せなか》をまるめて、水中にもぐった。でも、二本の細い足は高々と水の上に立てている。

ニョーニョーはそのかっこうがおかしくて、笑った――どうせ、ワンには見えやしない。

一ぴきのトンボが飛んできた。ぴくりともしないワンの足を〈物〉だと思ったのか、ちょっと休もうという気になったらしい。体をかたむけ、ゆっくりとおりてきて、一本の指にとまった。

ワンはむずむずするものだから、水の中でくるりと回って、水面に顔を出し、ぶるんと頭をふり、水の玉をはじきとばした。二つの目が水の上でふいにきらりと光る。

そのすがたは、ニョーニョーの頭の中に深く焼きついた。

ワンは楽しそうに水しぶきをあげつづけている。

ニョーニョーは、川岸にすわりこむ。

ワンがゆっくりとしずんでいき、ついに消えてしまった。

ニョーニョーは静かな水面をさがす。でも、そんなにさしせまってはいない。

けれど、ワンはいつまでたっても、水面にあがってこない。

ぽつんとうかんでいる赤いひょうたんを見ながら、ニョーニョーはふいにこわくなった。立ちあがって、おろおろと水面を目でさがす。

まだ、赤いひょうたんだけしかない。

大川が死んだように動かない。

ニョーニョーは大声をあげた。

「母さーん」

「ニョーニョー」

かやぶきの家の中から、お母さんが出てきた。

「母さーん」

「ニョーニョー、どうしたの」

「あ……」

すぐそばのハスの葉の下に、ほほえんだワンの顔が、ぬっとあらわれた。

ニョーニョーはあわてて、大声をあげようとする口を手でおおった。

「ニョーニョー、どうしたの」

お母さんが近づいてきた。

ニョーニョーは身をひるがえし、お母さんをめがけて行く。

「どうしたの」

ニョーニョーはかぶりをふると、まっすぐに家へ歩いていった……。

2

何日も何日も、ニョーニョーは川べりにやってこなかった。ワンがどんなに水しぶきをあげても、どんなに甲高《かんだか》い声をあげても。

とうとう、もうだめなんだと思い、ワンは赤いひょうたんをかかえて、以前よく遊んだ川の真ん中の小島に泳いでいった。

小さな小さな島だ。

これまで、ワンは一日じゅう一人で島の上で過《す》ごした。そこで何をしているのか、だれも知らない。

ニョーニョーは、川べりには出てこなかったけれど、毎日、戸の後ろに体をかくし、顔を出しては大川をのぞいていた。ワンがすることをみんな見ていた。ニョーニョーは知っていた。自分が川べりにあらわれるのを、ワンが待っていることを。

また、いく日かが過《す》ぎた。ワンがなんの望みも持たず、静かに小島に泳いでいこうとしていたとき、ニョーニョーは竹ざおを持って、川べりに向かっていた。

ニョーニョーは赤いうすでのシャツを着て、ズボンをひざまでまくっている。

ワンは対岸に腰《こし》をおろし、赤いひょうたんをそばにほうりだして、ニョーニョーを見ている。

ニョーニョーはまっすぐに水辺に行くと、竹ざおでヒシの葉をひっくりかえした。真《ま》っ赤《か》なヒシの実がちらりと見える。竹ざおでヒシの実を引《ひ》き寄《よ》せ、赤い実をつむ。でも、たいていのヒシの実は、竹ざおのとどかないところにある。ニョーニョーはできるだけ体をななめにして、手をのばした。なんとか、いくつかつみとったが、それ以上はとれなかった。

ワンが赤いひょうたんを水にほうりこみ、そっと泳いできた。

ニョーニョーは竹ざおをひっこめ、ワンを見る。

ワンはまっすぐ泳いできて、一枚《まい》の大きなハスの葉を折りとった。それから、大きなヒシの実だけをさがした。ヒシの葉をひっくりかえし、曲がって両端《りょうはし》のとがった赤いヒシの実をつみ、さっき折りとったハスの葉の上にのせる。すぐに、色あざやかなヒシの実が山盛《やまも》りになった。ワンはまたいくつかつんでから、両手でささげるようにして、ゆっくりとニョーニョーの方へやってきた。ワンの体がすっかり水から出て、ニョーニョーの目の前に立っていた。

ワンはほんとうにやせていて、胸《むね》の細い肋骨《ろっこつ》が一本いっぽんくっきりと見える。そのうえ色も黒い。ヤセクロ、ヤセクロ。

ワンは、ニョーニョーに両手をのばした。

ニョーニョーは受け取らない。

ワンはハスの葉に盛《も》ったヒシの実をそっと、ニョーニョーの足もとに置くと、やせた背中《せなか》を見せて、川の中へもどっていった。

ニョーニョーは立ったまま、みじろぎもしない。

ワンは赤いひょうたんをかかえたまま。眼《め》には誠実《せいじつ》さがあふれている。

ニョーニョーはゆっくりとしゃがんで、両手でハスの葉をとりあげた。

ワンの眼《め》にうれしさがあふれた。

「ニョーニョー！」

ニョーニョーは、返事をしない。

「ニョーニョー！」

お母さんが、こちらへやってくる。

ニョーニョーはぐずぐずと、手に持ったヒシの実を見ている。

「ニョーニョー、どこにいるのぉー」

ニョーニョーはヒシの実をもとのところに置くと、ふりむいて答えた。

「ここよー」

「ニョーニョー、帰ってらっしゃい。おばあちゃんちへ行くよ」

ニョーニョーは岸にあがると、ふりかえって、ちらっとワンを見、うつむいてお母さんの方へ行った。

家にもどりながら、ニョーニョーはお母さんにきいた。

「あの子のお父さん、ほんとにペテン師《し》なの？」

「だれのこと？」

ニョーニョーは、向こう岸を指さした。

「あの子のお父さんは、もう三年も監獄《かんごく》に入ってるのよ」

ニョーニョーがちらっとふりかえると、ワンが赤いひょうたんをかかえて小島へ泳いでいくのが見えた……。

3

ニョーニョーは相変わらず、毎日、大川のほとりにやってくる。

ワンは川と自分の魅力《みりょく》を、思いっきり見せつけて、ニョーニョーをひきつける。そのうえ、ごきげんをとるようなふるまいさえしてみせる。

焼けつくような暑い季節になっていた。昼近くになると、濃《こ》い緑のアシの葉が日に照らされてまるまってしまう。涼《すず》しいところにかくれたクビキリギリスのジーという鳴き声が、焼けついて、かわいたさびしさをいっそう深くする。七月の広々とした空に流れるのは、火のような熱気。

水のすがしさがニョーニョーをさそい、その中に入りたくてたまらなくさせる。

「どうしていつも水の中にいるの」

ニョーニョーは、ワンにきく。

「涼《すず》しいからさ」

「ほんとに、涼《すず》しい？」

「信じられないんなら、入ってきてごらんよ」

ニョーニョーは岸にあがって、お母さんが遠くの畑に行ったのを見とどけると、また水辺におりてきた。

「深い？」

「真ん中は深いよ。ここらへんはみんな浅瀬《あさせ》さ」

ワンは水の中から立ちあがり、おなかを見せてそれを証明《しょうめい》した。

アシの茂《しげ》みから、むくむくした子ガモが出てきた。カモたちは軽やかに水の上にういている。平たいくちばしで水を飲んだり、首に水をかけたり。きらきらした水の玉が、やわらかい羽毛の上をとびはねるようにころがる。ヒスイのような緑色のカエルが、風におどろいて、ハスの葉から水にとびこむ。ポチャンと澄《す》んだ音が一つ。すぐにハスの葉からぽとぽとと水の玉がころがり落ち、また、やわらかな水音をさせた。

大川が、涼《すず》しさをまき散らしている。

大川が、強くニョーニョーをひきつける。

日に照らされて赤くなったニョーニョーの顔が、水に入れることに心高ぶって、いっそう赤くなった。

ワンは、水の中にいて、そこがどんなにすてきで気持ちいいかを、たっぷりと見せつける。

ニョーニョーは手を水につっこんだ。冷たさが、さっと指から体じゅうに流れこむ。

「おいでよ。ほら、ひょうたん」

ニョーニョーはまだ決められない。

「こわがることないよ。おれが守ってやる！」

ニョーニョーは心が動いた。目がきらっきらっと光る。

ワンが近づき、水をすくうと、迷《まよ》っているニョーニョーに浴《あ》びせかけた。

ニョーニョーはぶるっと身ぶるいして、体をよじる。

ワンはいっそうやたらめったら、ニョーニョーに水をかけた。

ニョーニョーははずかしそうにシャツをぬぎ、おずおずと川に入っていく。

ニョーニョーは、はじめ水の中にしゃがんだ。それから両手でぎゅっと岸辺のアシをつかむと、水面に顔をふせ、両足をめちゃくちゃにバタバタさせた。水しぶきがあたりにとんだ。

水はたしかに人を夢中《むちゅう》にさせる。ニョーニョーはいったん水に入ると、もう岸にあがろうとはしなかった。

ワンは責任《せきにん》を感じた。自分はもう泳がないで、ニョーニョーを守ることだけに気を配っている。

水が、二人の間のよそよそしさや、へだたりをとかしてしまった。

二人はいっしょに、アシの茂《しげ》みでタニシをとったり、浅瀬《あさせ》を走り回ってはころんだり、深いところへ行ってみたり。それから、首まで水につかった。頭だけ水面に出して。このときがいちばんすばらしかった。大川は、いつもよりずっと静か。二人はずぅーっと、だまって見つめあう。

何日かが過《す》ぎた。冷たい水のここちよさとやさしさを、たっぷりと味わったニョーニョーは、もう浅瀬《あさせ》で〈ばかさわぎ〉ばかりしていることに満足できなくなった。川の真ん中や、向こう岸にあこがれた。自分の思いどおりに、自由に広い水面をただよいたくてたまらなかった。

ワンは大喜《おおよろこ》びで、ニョーニョーの手助けをした。ワンは疲《つか》れも知らず、しんぼうづよく、ニョーニョーに泳ぎを教えた。

そんな日々、太陽はずっと金色にきらめいていた。生《お》い茂《しげ》った木やアシの濃《こ》い緑が、雲ひとつない空をひきたてる。ワンは明るく、ほがらかだった。

大川に、ひとりぼっちはもういなかった。

ニョーニョーの肝《きも》っ玉《たま》は、日ごとに太くなった。小島へ行きたいという思いは日増《ひま》しに強くなり、六、七日もたったころ、はっきりと「赤いひょうたんをかして。島へ泳いでいこうよ」といいだした。

ワンは賛成《さんせい》した。

ニョーニョーは赤いひょうたんをかかえて泳いでいく。ワンはニョーニョーを守りながら、そばを泳いでいく。

小島は少しばかり水面に出ているだけなので、土地はしめっぽい。島には数十本の大きなハコヤナギの木が生えていて、そのまっすぐな影《かげ》がひっそりと水にうつっている。色とりどりの野の花があっちに一株《かぶ》、こっちにひとかたまりと、好き勝手なところに咲《さ》いている。島の真ん中には小さな池もあって水鳥が池のそばの木の上で休んでいる。

ニョーニョーが見あげると、ハコヤナギが青い空につきささっていた。

「よくここに来るの」

「うん」

「どうして？」

「遊びにくるのさ」

「ここ、なんかおもしろい？」

「おもしろいよ」

「……？」

「おいらの組の友だちと遊ぶのさ」

ニョーニョーは、わけがわからなかった。ここは、だあれもいない小さな島じゃないかなあ？

ワンはニョーニョーを一本のハコヤナギの木の下につれていって指さした。

「こいつが、おいらの組のワン・サンクン」

ニョーニョーは、その木に「ワン・サンクン」と彫《ほ》ってあるのに気がついた。

ほかの木もよく見てみると、それぞれにちがった名前やあだ名が彫《ほ》ってあった。リー・ヘイ、チョウ・ミン（鼻ぺちゃ）、ティン・ニー、ウー・サンチン、チョウ・シャオチン（おこげ）、……。

ワンは〈友だち〉に会ったものだから、しばらくニョーニョーをわすれ、夢中《むちゅう》になって、友だちと遊びはじめた。こっちの木からあっちの木へかけていったり、木の枝《えだ》を引っぱってみたり、こぶしで木の幹《みき》をなぐってみたり。ときには、いかにももっともらしく、「鼻ぺちゃ、おい、かかってこいよ。こないのか、弱虫！」と大声でいいながら、木の間を行ったり来たりした。汗《あせ》びっしょりになり、ぜーぜーいうまで走りまわった。しまいには地面にたおれ、手で防《ふせ》ぎながら、「サンクン、やめろ。あっ、やめてくれ……」

とさけんでは、自分で自分をくすぐりながら、地面をころげまわった……。

ニョーニョーは、だまってワンを見ていた。

ワンはニョーニョーの前までころがってきて、やっと空想の世界からぬけだした。

ニョーニョーを見ると、きまりわるそうにした。

「あの子たち、あなたと遊んでくれないのね、そうでしょう」

ニョーニョーはきいた。

ワンの目がたちまち、どんよりとして、悲しそうになった。顔をそむけると、ハコヤナギの木のてっぺんの空をぼんやりとながめた。

そのうちニョーニョーは、ワンが泣いているのを感じた。

ずいぶん時間がたってからやっと、ワンはまたニョーニョーと楽しそうに遊びはじめた。

午後いっぱい、二人は〈家〉をたてるのにいそがしかった。二人は、この島でくらす〈ごっこ遊び〉をはじめた。たくさんの木の枝《えだ》やアシをさがしてきた。それから草をいっぱい刈《か》ってきた。〈家〉は池のそばにたてられた。ニョーニョーは〈家〉のそばに、アシの茎《くき》でニワトリ小屋まで作った。二人は泥《どろ》で、かまどやナベや、たくさんのちゃわんや皿も作った。そして、食べられる草をとってくると、おいしそうに食べるまねをした。

いつのまにか、太陽は大川の西の果てまで落ちてきていた。

「ニョーニョー！」

ニョーニョーのお母さんが、帰っておいでとよんでいる。

ニョーニョーは、答えない。

お母さんはニョーニョーの名前をよびながら、遠くへ行ってしまった。

ワンとニョーニョーはなごりおしかったが、〈家〉を出て水辺にかけていくしかなかった。

ニョーニョーはやっぱり、赤いひょうたんをかかえて泳ぎ、ワンはやっぱり、ニョーニョーを守って泳ぐ。

夕日が大川を照らし、川の水はうっとりするような赤みがかった金色にそまる。

二人は夕日に向かって、金色の水面を、ひっそりと、のびやかに泳いでいく……。

4

「もう川に遊びに行っちゃだめよ」

お母さんは、何度もニョーニョーにいう。

「どうして？」

「どうしてじゃないの。とにかく、もう行っちゃだめ。母さんがいやなんだから」

ニョーニョーはお母さんのいうことをきかず、やっぱり川べりにかけていく。心を川の中に置きわすれてきたように。

作物がみのり、焼けつくような太陽の熱も弱まってきた。熱気がうねっていたあたりにも、だんだんと涼風《すずかぜ》が吹《ふ》くようになり、夏も終わりに向かっていた。

けれど、ニョーニョーはまだひょうたんなしでは、大川の真ん中まで泳いでいけない。

「来年の夏、また教えてね」

ニョーニョーはいう。

「ほんとは、もう泳げるんだよ。肝《きも》っ玉《たま》が小さいだけさ」

「やっぱり、来年にする」

ある日の午後、ニョーニョーが浅瀬《あさせ》ではりきって泳いでいると、じいーっとすわっていたワンが、ふいにいった。

「ひょうたんをかかえてでいいからさ、向こう岸へ行こうよ」

「あたし、こわい」

「守ってやるからさ」

「それでも、こわいもん」

「ぴったり、そばにいてやるよ。それでも、だめかい」

「じゃあいいわ。ぜったい、はなれちゃだめよ」

ワンはうなずいた。

ひょうたんをかかえて大川の真ん中まで来たとき、両方のはるか遠くの岸を見ながら、ニョーニョーはふいにこわくなった。そのとき、ワンが笑うのが見えた。おかしな笑い方だった。何かたくらみがありそうな。ニョーニョーの目に見えるのは、果てしない川の水だけ。ニョーニョーははじめて、この川の大きさを感じた。赤いひょうたんのほかは、なんにもない。ニョーニョーはまた、ちらっとワンを見た。ワンの顔にはなんの表《ひょう》情《じょう》もなく、前方の岸を見ているだけだ。

「もどろうよ！」

「向こう岸へ行くのももどるのも、おんなじぐらいだよ」

「こわいんだもん」

ワンはやはり前を見ている。心の中で何かを決めるように。

「あたし、こわい……」

「こわいもんか！」

ワンはさっとニョーニョーに近づき、いきなり、ひょうたんをとりあげた。

ニョーニョーは悲鳴をあげて、しずんでいく。両手で必死に水面をかきながら、ワンに向かってさけぶ。

「ひょうたん！　ひょうたん！」

ワンはにっと笑って、泳ぎ去った。

ニョーニョーは、だんだんとしずんでいく。二秒ほど完全に水中にしずんでから、もがきあがってくると、狂《くる》ったようにさけんだ。

「助けてぇー！」

ニョーニョーのお母さんは、ちょうどニョーニョーをさがしに来たところだったが、この光景を見たとたん、へなへなと川岸にすわりこんだ。そして、あたりに向かって声をかぎりにさけんだ。

「助けてー！」

ニョーニョーは何度も水を飲み、水にむせて苦しそうにせきこんだ。

ワンはそれでも、やってこようとはしない。

ニョーニョーはもう一度水の中からもがきあがってくると、憎《にく》しみのこもったまなざしをワンに投げた。

畑に出ていた人たちがさけび声を聞きつけて、大川へかけつける。そこらじゅうが、がやがやとさわがしくなった。

ニョーニョーがもがかなくなり、またしずんでいこうとしたとき、ワンもふいにあわてだした。必死でニョーニョーにとびつくと、ぐいっとその両手をつかみ、ひょうたんを胸《むね》の下へおしこんだ。

ニョーニョーはひょうたんをだいて、両目をぎゅっととじ、せきこみながら、すすり泣きながら、「母さん、母さん」とよぶ。

ワンは何かいおうと思ったが、ひとことも出てこなかった。目の前のできごとにぽかんとなってしまったのだ。ワンの頭は動きを止めてしまった。赤いひょうたんのくびれに結んだひもをつかんで、ぼんやりとニョーニョーを岸辺へ引いていく。

岸にはたくさんの人が立っていたが、みんなだまりこくっていた。

その沈黙《ちんもく》は重苦しく、人をおさえつけるものだった。

ワンは急に、自分は罪人《ざいにん》だという気がした。

ニョーニョーのお母さんが待ちきれなくて、川にかけこんできた。

「ニョーニョー……」

「母さーん……母さーん……」

ニョーニョーは、赤いひょうたんをかかえたまま泣いている。

ワンは、ニョーニョーを浅瀬《あさせ》までつれていった。

ニョーニョーは、ひょうたんをかかえていた手をゆるめた。とてつもないおそろしさが、一気に、とてつもない憎《にく》しみにかわり、ワンに向かって大声をあげた。

「ペテン師《し》！　あんたはペテン師《し》よ！」

いいおわると、お母さんの胸《むね》にとびこんで、ふるえながら、わあわあ泣きだした。

お母さんはニョーニョーの背中《せなか》をたたきながら、つぶやくようにいった。

「ニョーニョー、だいじょうぶだよ。もう、だいじょうぶ」

ワンはうなだれている。

ニョーニョーのお母さんが、ワンをにらんだ。

「どうして人をだましたりするの？　どうしてそんなに人が憎《にく》らしいの？」

ワンは何かいおうと口を開いたが、やはり出てこない。ただ、二すじの涙《なみだ》が流れ落ちた。

ニョーニョーはお母さんと家へ帰っていった。ほかの人たちも、一人また一人と川べりをはなれていった。

ワンだけが川の中に立っていた。髪《かみ》の毛《け》はびしょぬれで水がしたたっている。その水は、ワンのやせた体をつたって、また川にもどっていく。

赤いひょうたんが、ワンの足のそばにうかんでいる。

夕風が吹《ふ》いてきて、大川がゆれはじめた。水がワンの胸《むね》まできたかと思うと、ふともが外にあらわれたりした。

赤いひょうたんが水の上で、きらっきらっと光る。まるで、心がとびはねているように。

だんだんと暗くなってきた。

冷たい風が吹《ふ》いてきて、やせっぽちのワンはぶるぶるとふるえた。ワンは顔をあげて、大川の上の果てしない星空をあおいだ……。

5

何日かたったあとの夕暮《ゆうぐ》れどき、川の真ん中の小島で火の手があがった。一すじの青い煙《けむり》が、はじめ空中にたなびいていき、そのあと下降《かこう》気流に水面までおしつけられ、だんだんと散っていき、消えてしまった。

ワンがあの〈家〉を焼いたのだ。

6

ニョーニョーはもう川べりへは行かなかった。大川をちらっとも見ようとしなかった。

ニョーニョーは、おばあちゃんの家へ行き、そこで、夏休みの最後の何日かを過《す》ごそうとしていた。

ある日の昼ごはんどき、おじいちゃんがたまたま、ニョーニョーたちに、自分の小さいころのことを話しだした。

「そんころ、じいちゃんもおまえたちとおんなじように、水に入るのが好きだったんじゃ。だけど、肝《きも》っ玉《たま》がちっちゃくてな。家の裏《うら》のアヒルを飼《か》っとる池でしか、よう泳がんかった。わしが泳ぐのを見とったおやじが、『おまえは大川を泳げるぞ』というんじゃ。びっくりして、あとずさりすると、『いくじなしめ』というたな。

そん日、おやじはたらいをもってきて、わしをのせた。向こう岸の竹林にマヒワをとりにつれてくというてな。ところが、川の真ん中まで来ると、おやじはいきなり、たらいをひっくりかえしたんじゃ。わしは何度も水にむせた。必死に水面に出ると、助けてと泣きわめいた。大勢《おおぜい》の人がやってきおった。だけど、おやじは冷たい目でわしを見とるだけで、手をのばしてはくれんかった。わしは二度しずんで、また二度うきあがった。水をいっぱい飲んどった。それから、またしずんだ。もうだめだ、と思うたよ。ところが、不思議なんじゃな。そんとき、わしの体が、ふいに軽うくなったんじゃ。すっかりアヒル池で泳いどるときのようになっとったんじゃよ。気持ちはひどく緊張《きんちょう》しとったが、とても愉快《ゆかい》じゃったのお。じっきに、向こう岸まで泳ぎついた。それからは、もっと広い川だろうと、平気になったんじゃよ」

ニョーニョーは、はしをかんでいた。

「ニョーニョー、早くごはんをお食べ」

おばあちゃんがいった。

ニョーニョーは、はしを置いた。

「あたし、うちへ帰る」

「ここに泊《と》まるんじゃなかったのかい」

「ううん、帰る。今すぐ、帰る」

そういうと、ニョーニョーは立ちあがって外へ出た。おばあちゃんがどんなによんでも、とめることはできなかった。

ニョーニョーはその足で、大川べりへかけていった。川にはだれもいなかった。うつむいたら、赤いひょうたんが水辺のアシの茎《くき》にくくりつけてあるのが見えた。ひょうたんはもとのとおり、あざやかに赤かった。

ニョーニョーはじっと待った。でも、向こう岸にはなんの気配もなかった。

太陽がゆっくりと西にしずみかけたとき、ニョーニョーの目に強い願いがうかんだ。夏は過《す》ぎていこうとしている。もう、青い秋が大川の上に来ていた。どこからただよってきたのか、かれかけたハスの葉が一枚《まい》。その上にカエルがじっとうずくまっていて、ハスの葉の流れるままにただよっていく。

果てしないさびしさ、果てしのないさびしさ。

ニョーニョーは水の中へおりていき、何もかもわすれて泳ぎはじめた。しずまなかったばかりか、スピードも速かった。ニョーニョーは、ほんとうはもう大川を泳ぎわたれたのだ。

ニョーニョーははじめて、そのわらぶきの家の前に立った。なのに、戸には鉄の錠《じょう》がかかっている。

牛飼《うしか》いの男の子が、ニョーニョーに教えてくれた。ワンは転校したと。お母さんといっしょに、百五十キロもはなれた、おばあさんの家の近くの学校に行ったと。

7

学校が始まる前の日の夕方、ニョーニョーは、ひょうたんをくくりつけてあったひもをほどいた。赤いひょうたんはきらきら光りながら、たそがれのなかに流れこんでいった……。

★作家紹介

曹文軒《ツァオ ウェンシュエン》

中国児童文学のトップランナー

★

「赤いひょうたん」を書いた曹文軒《ツァオウェンシュエン》は、一九五四年一月に、江蘇省《ジアンスー》で生まれました。曹文軒のお父さんは小学校の校長先生をしていて、暮らしは豊かではなかったそうですが、文化大革命（一九六六年〜一九七六年）の嵐《あらし》が吹《ふ》き荒《あ》れる少し前の農村で、彼《かれ》は少年時代をのどかに過ごしました。

一九七四年、曹文軒は北京《ペキン》大学に入学し、北京へ移り住みました。卒業した後は、成績が優秀《ゆうしゅう》だったため、北京大学の先生になり、文学を教えるようになりました。現在も北京大学の教授をつとめています。

曹文軒が児童文学を書き始めたのは、一九八〇年代になってからのことです。ちょうどそのころ中国文学の世界では、新しい文学を求める動きが起きていて、そんな中で、曹文軒の作品も注目されるようになっていきました。この「赤いひょうたん（原題　紅葫蘆）」という作品は、『少年世界』という雑誌《ざっし》に一九九一年に発表されたものです。川遊びを通じて育まれるニョーニョーとワンの友情と、そこに影《かげ》をさす大人の事情が美しく描《えが》かれています。

曹文軒の代表作としては、他に『草房子（草ぶきの家）』（一九九七年）という作品があります。これは曹文軒《ツァオウェンシュエン》の自伝的な作品で、彼《かれ》の故郷によく似た水郷地帯を舞台《ぶたい》に、苦しい中でも懸命《けんめい》に生きようとする人々の姿がこまやかに描《えが》かれています。この作品は、二〇〇万部を超《こ》えるベストセラーとなり、日本でも、中由美子さんの訳で『サンサン』（二〇〇二年）とタイトルを変えて出版されました。

『草房子』以降も曹文軒は話題作を次々と出版していて、二〇一六年には、児童文学の世界のノーベル賞と言われる国際アンデルセン賞（Hans Christian Andersen Awards）を受賞しました。

（成實朋子）

低学年向

おさげのヤーヤ

秦《チン》　文君《ウェンチュン》　作
寺前君子　訳

（『虹の図書室』第９号、１９９８年）

一　サムとアリス

ＹＹ（ヤーヤ）たち一年生のクラスでは、もう英語《えいご》のじゅぎょうがあります。英語《えいご》をおしえているのは路（ルー）先生です。ルー先生は小さなすずをもっていて、きそくをまもらない子がいたら、すずをふって注意《ちゅうい》をするだけで、これまで、口でしかったことはありません。

また、ルー先生は、クラスのみんなに英語《えいご》の名前《なまえ》をつけました。ヤーヤはくうそうするのがすきだからアリス、力力（リーリ）はからだが大きいからサム、というふうに。英語《えいご》の時間《じかん》になると、ヤーヤはアリスになり、リーリはサムになるのですから、とってもゆかいです。

サムは体重《たいじゅう》が三〇キロもあるそうです。手はよごれてきたなく、平気《へいき》で虫をつかんだりします。木にのぼって、セミを十ぴきつかまえたんだと、じゅぎょうちゅうに、よくしゃべります。あいにく、アリスのよこにすわっているので、アリスのほうをむいて、よけいなことを話《はな》しかけてきます。

ルー先生はすずをふってサムに注意《ちゅうい》しました。それでも、サムはまだしゃべっています。アリスはたまらず、おしゃべりやめてよとサムにいいました。サムはむっとしてアリスを見ましたが、それでも話《はな》しかけてきます。アリスもはらがたって、手で耳をふさぎました。

「きかない、きかない」

サムはアリスの手を耳からひきはがし、むりやりきかそうとしました。ふたりがもみあったひょうしに、アリスがひっくりかえり、鼻《はな》から血《ち》が出てきました。サムはびっくりして、うなだれたきり、もうしゃべることもできません。

ルー先生は、いそいでアリスをほけんしつにつれていきました。

その夜《よる》、サムのかあさんがサムをつれて、アリスのおみまいにやってきました。

このときはもう英語《えいご》の時間《じかん》ではなかったので、サムではなくリーリがげんかんで、

「ヤーヤ！」

とよびました。

ヤーヤは、自分《じぶん》をよんでいるのが、まさかリーリだとは思《おも》いもしませんでした。だって、いつもなら、リーリはカミナリのような大声《おおごえ》でよぶのに、きょうは、女の子のよう

なささやき声《ごえ》だったからです。

リーリのかあさんは、リーリのせなかをおして、家《いえ》のなかにいれると、ヤーヤのかあさんに、あれこれ話《はな》しました。ヤーヤにすまないだの、ヤーヤにこれからもリーリのめんどうをみてやってほしいだの、そのうち、ふたりのかあさんはだんだん話《はなし》にむちゅうになって、いつのまにか、ヤーヤとリーリのことをすっかりわすれてしまいました。

ヤーヤはというと、リーリに絵本《えほん》を見るようにすすめました。

リーリはてれくさそうにわらうと、

「いいもの、もってきてやったぞ」

といいました。

リーリは、ポケットから、生きているセミを一ぴきとりだしながら、セミをつかまえたときのおもしろい話《はなし》をきかせてくれるのでした。

二　電話《でんわ》のようせい

　ヤーヤは電話《でんわ》をかけるのがすきです。とうさんもかあさんもるすのときはなおさらです。だって、話《はな》す人がだれもいないというのは、とてもさびしいことですから。でも、電話《でんわ》をかけるだけで、ぜんぜんちがってきます。おしゃべりもできるし、話《はなし》もきけるし、ひとりで家《いえ》にいる感《かん》じはすこしもしません。まるで、ほかの人と手をつないでいるようです。

　でも、なかよしのリーリの家《いえ》には、電話《でんわ》がありません。ですから、ヤーヤはいつもおばあちゃんに電話《でんわ》をかけるほかないのです。しごとをやめて家《いえ》にいるおばあちゃんは、大のテレビずきです。いつもヤーヤが電話《でんわ》すると、きまってこういいます。

「はやくテレビを見てごらん。おもしろい番組《ばんぐみ》をやっているよ」

　こんなこといわれても、ヤーヤはちっとも楽《たの》しくありません。でも、おばあちゃんのほかに、電話《でんわ》をかける人はいないのです。

　その日は、とうさんもかあさんも会議《かいぎ》があって、出かけていました。ヤーヤはいつものようにおばあちゃんに電話《でんわ》をしました。一日じゅう、電話《でんわ》のそばで電話番《でんわばん》をしているのは、おばあちゃんぐらいなものですから。

よびだし音がなって、だれかが電話《でんわ》に出ました。

「おばあちゃん」

と、ヤーヤがよびかけました。

電話《でんわ》のむこうで、だれかがわらっています。ヤーヤがもう一度《いちど》、おばあちゃんとよびかけると、電話《でんわ》のむこうから、やっと声《こえ》がかえってきました。

「あたし、おばあちゃんじゃないわよ。蘭蘭（ランラン）よ」

なんと、かけまちがえたのでした。

ヤーヤもわらいだしました。というのも、電話《でんわ》のむこうのランランは息《いき》もつけないくらいわらっていて、それが、まるでヤーヤの耳もとでわらっているみたいで、ランランのわらい声《ごえ》がすっとヤーヤの心《こころ》のなかにはいりこんできたからでした。

ふたりは長《なが》いあいだおしゃべりしました。それで、ランランが二年生だということ、ランランのとうさんもかあさんも、しょっちゅう出かけているということ、さらに、ランランは、だれかが自分《じぶん》に電話《でんわ》をかけてきてくれるのがいちばんすきだということがわかりました。

ヤーヤとランランはたちまち大のなかよしになりました。ふたりとも歌《うた》うのがすきでしたから、かわりばんこに歌《うた》いあいました。

そこへ、とうさんとかあさんが帰《かえ》ってきました。とうさんは、ヤーヤが受話器《じゅわき》にむかって歌《うた》っているのを見ると、

「テレビを見ているおばあちゃんのじゃまをしちゃいけないよ。はやく、電話《でんわ》をきりなさい」

といいました。

ヤーヤは受話器《じゅわき》をとうさんの耳もとに近《ちか》づけました。とうさんはうつくしい歌声《うたごえ》にうっとりして、

「電話《でんわ》のようせいはどこからあらわれたのかな」

といいました。

ヤーヤがとうさんのことばをランランにつたえると、ランランはわらって、あたしたちふたりとも電話《でんわ》のようせいなのよね、といいました。

ヤーヤとランランは、なんども電話《でんわ》をかけあっているのに、あったことはありません

でした。ある日、ヤーヤは、自分《じぶん》が思《おも》いえがくランランの顔《かお》を絵《え》にかいて、おくりました。すぐに、ランランから電話《でんわ》がありました。

ヤーヤってほんとうにようせいなのね。この絵《え》、とってもあたしににているわよ。

三　白いほうせき

歯《は》をたいせつにするのよ。白いほうせきみたいに、きれいにみがいておくのよ。と、かあさんはいつもヤーヤにいっています。だから、ヤーヤは歯《は》を白いほうせきとよんでいます。

ある夜《よる》のことです。

ヤーヤは、とつぜん、前歯《まえば》のあたりにいたみをかんじました。手でさわると、歯《は》がうごきます。ヤーヤはおどろいて、力をいれて歯《は》をおさえました。そのとたん、ぽろりと歯《は》がぬけました。

「かあさん、白いほうせきがぬけちゃった！」

ヤーヤはなきそうになりました。

ところが、かあさんは見るなり、わらいだしました。

「ヤーヤが大きくなったので、おとなの歯《は》にかわるのよ」

でも、前歯《まえば》がぬけているので、しゃべると空気《くうき》はもれるし、ごはんをたべるとき、ごはんつぶがぬけたところにのこります。かがみにうつすと、ほんとにみっともない。ヤーヤはいやでたまりませんでした。

つぎの日、学校《がっこう》に行《い》きました。よこにすわっているリーリが、おもしろい話《はなし》をするので、ヤーヤはわらいました。ヤーヤの歯《は》をみたリーリが、

「歯《は》がぬけてる。うちのばあちゃんといっしょだ」

そういいながら、あかんべをしました。

「ちがう、ちがうわよ。あたしのはおとなの歯《は》がはえてくるのよ。あたし、大きくなったんだから」

ヤーヤはいいかえしましたが、でもやっぱり歯《は》がぬけているのを人に見られたくないので、わらうとき、手で口をおさえました。

家《いえ》にかえると、ヤーヤはすぐにかあさんに、

「新《あたら》しい歯《は》は、いつはえてくるの？」

とききました。

「たねが芽《め》を出すのと同《おな》じで、しんぼうづよく待《ま》たないといけないのよ」

とかあさんがいいました。

はたして、いくにちもしないうちに、ぬけたところから、小さな白い歯《は》が出てきました。ほんのちょっぴりだけど、かたくて、白くて、まるでほんものの白いほうせきのようでした。

たねが芽《め》を出し、そだつには、お日さまと水がいるわ。そう考《かんが》えたヤーヤは、白いほうせきがはやく大きくなるように、しょっちゅう、こっそりと、太陽《たいよう》の下で口をあけて白いほうせきに日の光《ひかり》をあてました。かあさんはそれを見つけると、にっこりしましたが、やめさせようとはしませんでした。かあさんも小さいときに、きっと同《おな》じようなことをしたでしょうから。女の子はだれだってうつくしくなりたいものです。

ふしぎなことがあるものです。ヤーヤは、しょっちゅう、大わらいするとき、口をおさえるのをわすれました。それに、新《あたら》しい白いほうせきはなかなかそだたず、ほんの

ちょっぴり先が出ているだけでした。ですから、しょっちゅう、リーリに歯《は》が一本、たりないのを見られているのに、リーリは、歯《は》がぬけているだの、しゃべるとき空気《くうき》がもれるだの、とは二度《にど》といいませんでした。

ある朝《あさ》のことです。

リーリが、とつぜん、大声《おおごえ》でヤーヤにいいました。

「えへん。おれにも、おとなの歯《は》がはえてくるんだぞ」

ほこらしげな顔《かお》のリーリは、ヤーヤに自分《じぶん》の口のなかを見せました。ほんとだ。リーリの歯《は》は二本もぬけていました。

リーリはいかにもうれしそうにいいました。

「いっぺんに二本も、おとなの歯《は》にかわるんだぞ。ヤーヤよりすごいだろ!」

ヤーヤは、はやく二本目がはえかわって、リーリにおいつきたいと思《おも》いました。

四　るすばん

おとなでも高《たか》い熱《ねつ》を出すことがあるのだと、ヤーヤははじめて知《し》りました。それまでは、子どもだけが、うんわるく病人《びょうにん》になるのだとばかり思《おも》っていたのです。

かあさんは、しごとから帰《かえ》ってくるなり、頭《あたま》がいたいといいました。ばんごはんをたべて、熱《ねつ》をはかると、なんと、四十度《ど》の熱《ねつ》。ヤーヤはとうさんといっしょに、かあさんを病院《びょういん》につれていくつもりでした。それに、病院《びょういん》で、かあさんがちゅうしゃをこわがるかどうかも見てみたかったのです。

ところが、ちょうどそのとき、大雨がふりだし、おまけに大風《おおかぜ》までふきだしたのです。

「ヤーヤは、家《いえ》にいなさい」

と、とうさんがいいました。

「雨なんて平気《へいき》よ」

と、ヤーヤはいいました。

とうさんはちょっと考《かんが》え、まどの外《そと》をちらっと見て、いいました。

「みんな、出かけてしまったら、電話《でんわ》がかかってきても、こまるだろ。ヤーヤは、家《いえ》でるすばんをしてくれないかい」

ヤーヤはためらいました。

「るすばんは、たいせつなことなの？」

「そうだとも」

と、とうさんはいいました。

ヤーヤはうなずきました。ヤーヤは、たいせつなことをする人がすきですから。

とうさんはドアにかぎをかけると、かあさんといっしょに病院《びょういん》に行《い》きました。

ヤーヤはひとり、家《いえ》でるすばんです。家《いえ》のなかは、物音《ものおと》ひとつしません。おお、こわっ。

ヤーヤは、いそいでテレビをつけ、家《いえ》じゅうのあかりをつけました。トイレのあかりまでつけました。こうすれば、どのへやにも人がいて何《なに》かをしているみたいです。家《いえ》のなかには、すくなくても五人いることになります。

ヤーヤはテレビを見ていましたが、心《こころ》のなかはおちつきませんでした。るすばんしてから、まだ何《なに》もしていないのです。これじゃ、たいせつなことをする人なんかではありません。

そんなことを考《かんが》えていると、だれかがドアをノックしました。ヤーヤは大きな声《こえ》で、

「だれですか？」

とききました。

「新聞代《しんぶんだい》の集金《しゅうきん》です」

と、ノックした人がこたえました。

「あした、きてください」

と、ヤーヤはいいました。

その人はすんなりと、何《なに》もいわずに帰《かえ》っていきました。その人にも、るすばんはたいせつなことだと、わかったのかもしれません。ほんとのところ、ヤーヤは、ちょっぴりこわかったのです。でも、今《いま》は、もっとだれかがドアをノックして、ヤーヤにあいてをさせてくれたらいいのにと思《おも》うようになりました。

そこへ、電話《でんわ》のベルがなりました。おばあちゃんからでした。ヤーヤはすぐに、かあさんが高《たか》い熱《ねつ》を出して病院《びょういん》に行《い》ったことをつたえました。

しばらくして、かあさんの学生時代《じだい》のともだち、小華（シャオホア）おばさんから、電話《でんわ》がありました。ヤーヤはまた、

「かあさんは急病《きゅうびょう》で、病院《びょういん》に行《い》きました」

といいました。

しばらくすると、また、だれかがドアをノックしました。なんと、おばあちゃんとシャオホアおばさんです。ふたりは、知《し》らせをきいて、かあさんのおみまいにかけつけたのでした。

しばらくすると、とうさんとかあさんが帰《かえ》ってきました。かあさんはちゅうしゃをうってもらって、熱《ねつ》がさがっていました。

とうさんは、ふたりのお客《きゃく》さんが大雨で服《ふく》をぐっしょりぬらしているのを見ると、かあさんが病気《びょうき》だなんていっちゃいけなかったんだよ、とヤーヤをたしなめました。でも、かあさんは大よろこびです。おばあちゃんとも、シャオホアおばさんとも、ひさしぶりにあったからです。

病気《びょうき》のかあさんをよろこばせるのって、たやすいことではないのよ。それも、このかしこいおるすばんさんのおかげなんだから、とヤーヤは思《おも》うのでした。

★作家紹介

秦《チン》文《ウェン》君《チュン》

生活者の目線から

秦文君《チンウェンチュン》は一九五四年に上海《シャンハイ》の下町に生まれました。上海は中国を代表する大都会ですが、そこに生まれ育っただけあって、秦文君は都会っ子の日常を描《えが》くのがとても上手です。本作は、一九九六年に出版された『小辮子ＹＹ和大個子力力（おさげのヤーヤと大きなリーリ）』（上海教育出版社）という作品集をもとにしたものですが、ここでも幼い女の子ヤーヤを中心に、中国の都市部に暮らす子どもたちの日常がていねいに描かれています。秦文君はまるでお母さんが子どもを見つめるようなまなざしで、子ども達の日常を切り取り、いきいきと描き出しました。

秦文君は上海で編集者をしながら、たくさんの子どもの本を書いてきました。なかでも一番人気があるのが、一九九一年に出された『男生賈里』（日本語版　片桐園訳『シャンハイ・ボーイ　チア・リ君』岩崎書店）です。これは上海に住むチア・リとチア・メイというふたごの兄妹を主人公とした物語です。いたずらっこのチア・リとおっとりしたチア・メイ、友達のルー君とリンちゃんも加わってのにぎやかな毎日は、同時代を生きる中国の子どもたちに親しみをもって受けいれられました。中国では一九七四年から二〇一四年まで、一組の夫婦に一人しか子どもが持てない「一人っ子政策」をとっていましたから、きょうだいのいる子どもはあまりいませんでした。当時の子どもたちにとって、ふたごの兄妹という設定自体、とても魅力的《みりょくてき》なものだったでしょう。『男生賈里』がヒットすると、妹のチア・メイや友達のルー君やリンちゃんを主人公にした続編が次々に書かれ、いずれも人気を博しました。

秦文君は執筆《しっぴつ》以外の活動にも熱心で、二〇一三年には自身の別荘《べっそう》を開放して、「小香咕閲読之家（シャオシアングー読み物の家）」を作り、子ども達を招待しては、さまざまな活動を行うようになりました。上海市作家協会副主席、中国作家協会の全国委員といった役職にもついていて、二〇〇九年からは、上海にある中日児童文学美術交流中心（センター）の会長もつとめるようになりました。秦文君は今も上海にご家族で住んでいて、子どもの本を書いています。

（成實朋子）

低学年向

でっかちくんとスマートパパ

鄭《チョン》 春華《チュンホア》 作
中由美子 訳

（『虹の図書室』第9号、1998年）

＊ふたりのうち

ここは、小さな小さなうちです。

小さな、小さなうちに、大きいのと小さいの、ふたりがすんでいます。大きい人は、小さい人を「でっかちくん」とよびます（ちょっと、頭《あたま》でっかちだからです）。こんなふうに――

「でっかちくん、ズボンはね、手にはくもんじゃないんだよ」

「でっかちくん、歯《は》ブラシはね、耳をみがくもんじゃないんだよ」

「でっかちくん、さかなのほねをのみこんで、みをはきだしちゃだめだよ」

小さい人は、大きい人を「スマートパパ」とよびます。こんなふうに――

「スマートパパ、字ばっかりの本をよんじゃだめ」

「スマートパパ、おひげに、色《いろ》をぬってあげるよ！」

「スマートパパ、ぼく、うんちいっぱい出たよ！」

でっかちくんとスマートパパは、同《おな》じテーブルでごはんを食《た》べ、同《おな》じベッドでねむります。それに、同《おな》じたらいで、足をあらうんです。

あるとき、でっかちくんは、もうちょっとで、コインをのみこみそうになりました。スマートパパはおこって、ものさしをとりだすと、でっかちくんの手のひらを、バチッバチッとたたきました。でっかちくんが、「いたいよう！　いたいよう！」と、さけびだすまで。

あるとき、スマートパパが、大きなさらをわりました。でっかちくんは、一本の羽根《はね》をとりだすと、パパの足のうらを、ファチッファチッとたたきました。パパが、「くすぐったいよう！　くすぐったいよう！」と、さけびだすまで。

ある冬《ふゆ》の夜《よる》のこと、外《そと》は大雪《おおゆき》がふっていました。風《かぜ》が一〇〇頭《とう》のトラのようにほえています。ふとんのなかで、でっかちくんとスマートパパは、木のうろのなかの、二ひきのクマのようにだきあっていました。

でっかちくんは、スマートパパに、こっちの足とあっちの足を、かわるがわるくっつけて、あたためてあげます。スマートパパは、でっかちくんに、こっちの手とあっちの手を、かわるがわるあてて、あたためてあげます。あたため、あたためられているうちに、でっかちくんはねむくなってきました。

ふいに、スマートパパが、でっかちくんをつつきました。

「大きくなったら、なんになりたいんだい」

「むにゅ、むにゅ……パ……パ……と……おんなじ……スマー……ト……パパ」

いいおわると、でっかちくんはすぐに、ぐうすうねむってしまいました。

*ふたりで、おでかけ

日曜日《にちようび》は、おひさまがぴっかぴかで、とてもあたたかでした。でっかちくんは、「おもちゃの大売《おおう》り出《だ》しに、つれてって」と、スマートパパにせがみました。

でっかちくんが前《まえ》を、スマートパパが後《うし》ろを歩《ある》いていきます。どんどん歩《ある》いていくうちに、でっかちくんがいきなり、しゃがみこみました。

「どうしたんだい」と、スマートパパがききました。

「歩《ある》けなくなっちゃった」と、でっかちくん。

スマートパパは、でっかちくんをおんぶしました。どんどん歩《ある》いていくうちに、パパの足がだんだんおそくなってきました。

「どうしたの」と、でっかちくんがききました。

「パパも、歩《ある》けなくなっちゃった」

でっかちくんは、せなかからおりると、パパの手をひきました。こんなふうに、スマートパパがでっかちくんをおぶって、すこし歩《ある》き、でっかちくんがパパの手をひいて、すこし歩《ある》くことにしました。ふたりとも、もう平気《へいき》、ぐんぐん足がはやくなりました。

どんどん歩《ある》いていくうちに、でっかちくんが、また、ふいにしゃがみこんでしまいました。

「どうしたんだい」と、スマートパパが、また、ききました。

「おなかがすいたの」と、でっかちくん。

「まってろよ。パパが、道《みち》のむこうの店《みせ》で、パンを買《か》ってきてやるからな」

スマートパパはパンを買《か》ってきました。ながあーいフランスパンです。まだ道《みち》をわたるまえから、パンをさしだしました。

でも、でっかちくんは、そのパンをうけとりません。両手《りょうて》を、ズボンのポケットに、つっこんだままです。

スマートパパが、また、「どうしたんだい」と、きこうとしたとき、でっかちくんの両手《りょうて》が、さっとパパのはなさきへ、のびてきました。その手のひらには、小さな小さなおひさまみたいなピーナッツが、いっぱい、のっていました。

「スマートパパも、きっとおなかすいたろ」

でっかちくんはパンをかじりながら前《まえ》を、スマートパパはピーナッツを食《た》べながら、その後《うし》ろを歩《ある》いていきます。ふたりが、パンとピーナッツを食《た》べおわったら、ちょうど、おもちゃの大売《おおう》り出《だ》し会場《かいじょう》でした。

＊小道《こみち》ごっこ

でっかちくんは、ひとまきのピンクのビニールひもを、ほどきながらのばしていきます。すると、ゆかの上に、くねくねした一本の〈小道《こみち》〉ができました。

そこへ、スマートパパが、はいってきました。でっかちくんはパパに、小道《こみち》をとおってくるようにいいました。

「道《みち》の両《りょう》がわは、海《うみ》だよ。ぜったい、道《みち》の上をきてね。じゃないと、おぼれちゃうよ」

スマートパパは、くつをぬぐと、大きな足で、小道《こみち》をふみしめふみしめ、歩《ある》いてきました。半分《はんぶん》ほどきたところで、でっかちくんは、小さなイスを、道《みち》の上においていいました。

「これは橋《はし》だよ。この橋《はし》をわたると、すなはまでやすめるんだ」

スマートパパが橋《はし》の上まできたら、ガタンと音《おと》がして、橋《はし》がかたむき、パパは、ドボンと海《うみ》におちてしまいました。

「たすけてくれぇ！」と、パパがさけびます。

でっかちくんはいそいで、紙《かみ》の船《ふね》をこいでいって、パパをたすけ、すなはまでつれてきました。

すなはまというのは、大きなござです。

「スマートパパ、ここで、ちょっとおひるねしたら？　ぼく、待《ま》ってるから」

でっかちくんは、日がさをもってきて、パパの顔《かお》の上にひろげました。

しばらくすると、スマートパパは、ぐうぐうねむってしまいました。でっかちくんは、ずっと待《ま》っていましたが、パパは目をさましません。そのとき、ふいに海風《うみかぜ》がふいてきて、ピンク色《いろ》の小道《こみち》をふきちらしました。でっかちくんは、あわててはしっていって、おさえました。でも、べつのところが、またまいあがります。

しかたなく、でっかちくんはすなはまにもどり、ひらひらする小道《こみち》をながめました。

小道《こみち》は、なんだか、とても楽《たの》しそうです。

「そうかあ、道《みち》だって、おんなじところで、ずっと、道《みち》してるのはいやだったんだ。なのに、スマートパパは、どうして、ずっとすなはまにいたいんだろう」

でっかちくんは、もう、待《ま》ちきれません。小道《こみち》をもって、パパのからだにまきつけていいました。

「パパはサメになったんだ。これはぼくのあみだぞ」

けれど、〈サメ〉は目をあけて、〈りょうし〉をちらっと見ただけで、また目をとじて、ねむってしまいました。

＊ほんもののトラだって、こわくない

夜中《よなか》に、でっかちくんは、おしっこにいきたくなりましたが、スマートパパは、ついてきてくれません。

「こわいよ。いっしょにきてよ」と、でっかちくん。

パパはどうしても、ついてきてくれません。

「だって、パパが夜中《よなか》におしっこにいくとき、でっかちくんについてきてもらったことがあるかい」と、いうのです。

でっかちくんは、しかたなく、ライオンのぬいぐるみをだいて、トイレのほうへかけていきました。でも、パタパタパタパタと、三歩《さんぽ》いったところでもどってくると、ライオン

を、ベッドにほうりなげました。

「ぬいぐるみのライオンなんか、きれで、できてるんだ。ほんもののトラが出てきたら、なんにもならないや」

でっかちくんは、こんどはおもちゃのてっぽうをとりにいきました。でっかちくんは、ほんもののトラが出てきても「ダダダダダ」っておどかしてやれます。もし、ほんもののてっぽうをにぎって、トイレのほうへかけていきました。でも、パタパタパタパタパタと、五歩《ご》《ほ》いったところでもどってくると、てっぽうを、そばにほうりなげました。

「こんなてっぽうなんか、たまがないもん。ほんもののトラが出てきたら、なんにもならないや」

でっかちくんは、へやのなかに立ったまま、あっちをみたり、こっちをみたり。スマートパパは、大きなベッドの上で、みうごきもしません。頭《あたま》からふとんをかぶって、小山のようです。

「そうだ。ほんもののトラは、ほんもののスマートパパだけがこわいんだ」

でっかちくんは、はしっていって、〈小山〉をゆすりました。

「スマートパパあ、ついてきてよう！」

〈小山〉は、ねむってしまいました。「があがあ」いびきをかいています。

ふいに、でっかちくんは、いいことを思《おも》いつきました。こんどはなんにももたないで、トイレへかけていきました。パタパタパタパタとかけながら、大きな声《こえ》でいいました。

「ぼくは、スマートパパだぞ。ぼくは、スマートパパだぞおー」

でっかちくんはそういいながら、ほんとうに、スマートパパになったような気がしました。ちっともこわくありません。さっと、トイレにかけこみ、おしっこをすると、また、さっとかけもどってきました。

大きなベッドの上の、〈小山〉がおきあがり、両手《りょうて》をひろげて、〈小さなスマートパパ〉を、ぎゅうっとだきしめました。

＊手紙《てがみ》

毎朝《まいあさ》、でっかちくんが目をさましたときには、そばにはだれもいません。スマートパパはとっくに、しごとに出かけたあとだからです。

その日、でっかちくんはパパにあいたくてたまりませんでした。それで、かえってきたパパにいいました。

「スマートパパ、出かけるまえに、ぼくに手紙《てがみ》をかいて、テーブルの上においといてよ。そしたら、パパがいなくても、パパの手紙《てがみ》をよめるでしょ」

「それは、いいかんがえだ！」と、スマートパパ。

つぎの朝《あさ》、でっかちくんがおきたら、テーブルの上に、一通《いっつう》の手紙《てがみ》がありました。きっと、スマートパパがおいていったのです。でっかちくんはいそいで、ふうをあけました。

「でっかちくん、バイバイ！」と、かいてありました。

でっかちくんは、五かいよみました。そしてまた、十かいよみました。とてもうれしくなりました。スマートパパが、朝《あさ》、会社《かいしゃ》に出かけるのがみえるようでした。

ふいに、でっかちくんは思《おも》いました。ぼくだって、毎日《まいにち》、スマートパパに手紙《てがみ》をかかなきゃ。パパがかえってきたとき、よんでもらおっと。

その日、スマートパパがかえってくると、でっかちくんはベッドのあるへやにとじこもって、大きな声《こえ》でいいました。

「スマートパパあ、先にぼくの手紙《てがみ》をよんでね。それから、ぼくたち、あうんだよ」

でっかちくんは、人が手紙《てがみ》をよむとき、そばにいてはいけないと思《おも》ったのです。

スマートパパは、でっかちくんの手紙《てがみ》をあけました。

「スマートパパ、おかえりなさい」と、かいてありました。

スマートパパは、十かいよみました。そしてまた、五かいよみました。ナッツチョコを食《た》べたときみたいに、あまあーいきもちになりました。

その日から、でっかちくんは、毎朝《まいあさ》おきると、スマートパパの手紙《てがみ》を、よめるようになりました。そして、スマートパパも、しごとからかえってくると、でっかちくんの手《て》紙《がみ》を、よめるようになりました。

ふたりは、毎日一通《まいにちいっつう》の手紙《てがみ》をかき、一通《いっつう》の手紙《てがみ》をよむのは、とても楽《たの》しいことだと思《おも》いました。

＊すてきなうち

でっかちくんは、おもちゃ屋《や》のちかくに、ひっこしたいと思《おも》いました。

「そうしたら、おもちゃをみるのだって、買《か》うのだって、すぐにできるもん！」

「じゃあ、おもちゃ屋《や》さんの、あたりへいってみよう。あいた家《いえ》があるかどうか」と、スマートパパ。

でっかちくんも、さんせいして、ふたりは、いっしょに出かけました。

おもちゃ屋《や》は、いくつものお店《みせ》と、つながっていました。スーパーマーケットとか、食料品店《しょくりょうひんてん》とか、みんなお店《みせ》で、あいた家《いえ》なんか、ひとつもありません。

「上へいって、あそこのうちの人に、きいてみよう。もしかしたら、わたしたちのうちと、とりかえてくれるかも」

スマートパパがいいおわらないうちから、でっかちくんはとんだり、はねたり。パパをひっぱって、おもちゃ屋《や》の二かいに、かけていきました。

そこには、ひとりのおじいさんがすんでいて、うちをとりかえてくれることになりました。ふたりは大よろこび。はやくかえらなきゃ。ひっこしするからには、そのまえに、たくさんのものを、かたづけなければなりません。

バスが、アパートの前《まえ》にとまりました。でっかちくんは、バスからおりると、自分ちのまどにむかって、大きな声《こえ》でいいました。

「バイバーイ。ぼくたち、もう、ここには、すまないんだよう」

「クククク……」

たちまち、やねの上のハトたちが、頭《あたま》をのぞかせました。「大きな声《こえ》でさわいでるのは、だれだ」というように。

「ウアッ！　クーおじさんちのハトだ。テンちゃん、シロ、花ちゃんも、みんな、やねの上にいるよ！」

でっかちくんは、ハトたちと、ともだちでした。一羽《いちわ》いちわ、なまえだってよべるくらいです。

「まだのぞいてるぞ。なに、みてるんだあ？」

ハトたちは、まどのところにある、サボテンをみていたのです。サボテンには、花がさいていました。うす黄色《きいろ》の花が、ケーキのように、サボテンにのっかっています。

「スマートパパあ」

でっかちくんは、ふと、思《おも》いだしたようにいいました。

「あのおじいさんち、やねの上に、ハトがいたかなあ？　まどのところに、花のさいたサボテンがあったかなあ？」

「おっ、そりゃ、気がつかなかったなあ。なかったみたいだぞ」

「ぼく、ひっこしたくないや」

でっかちくんは、かいだんをあがりながら、ふいに、こういいだしました。

「どうしてだい」

スマートパパは、ふしぎでたまりません。

「やっぱり、おもちゃ屋《や》が、ぼくんちの下に、こしてくるのを待《ま》ってるよ」

そういいおわると、でっかちくんは、かけだしました。トントントンという足音が、上までひびいていきました。

★作家紹介

鄭《チョン》春《チュン》華《ホア》

「大頭児子」のお母さん

鄭春華《チョンチュンホア》は一九五九年に上海《シャンハイ》で生まれました。文学好きのお父さんの影響《えいきょう》もあって、小さい頃《ころ》から作家になりたかったそうです。けれどその夢はなかなかかなえられず、若い頃は上海郊外《こうがい》の農場で働いたり、工場につとめたりしていました。一九八一年になってから、上海で編集者をしながら、子どもの本を書くようになりました。その頃の代表作が、一九八五年に出版された『紫羅蘭幼児園（すみれほいくえん）』です。この作品は、一九九二年に日本でも中由美子さんの訳で『すみれほいくえん』というタイトルで福音館書店から出版されました。中国の保育園の日常を楽しく描《えが》いたこの作品には、工場につとめていた時に、工場で働く人たちの子どもをあずかる保育園で仕事をしていたという鄭春華の体験が大いにいかされています。

鄭春華はたくさんの作品を書いていますが、とくに幼い子ども向けに書かれた物語の人気が高いです。中でも有名なのが、本作「大頭児子和小頭爸爸（でっかちくんとスマートパパ）」です。この作品は、もともとは一九九〇年より少年児童出版社の雑誌《ざっし》に連載《れんさい》されたものですが、好評につき単行本として出版され、後に多くの続編が書かれました。

この作品を書いていた頃《ころ》、鄭春華《チョンチュンホア》はちょうど子育てをしている最中でした。週末にお父さんと楽しそうに遊ぶ子どもの姿を見て、改めて子育てにおいて父親の役割がどれほど大切かということを痛感し、男の子とお父さんを主人公とした話を書くことを思いついたのだそうです。作中に少しだけ登場するお母さんの姿は、鄭春華自身をモデルにしたものなのでしょう。

この作品は、一九九五年にアニメーション化されると、中国の国営放送である中央電視台（中央テレビ局）の子ども向け番組で全国放送され、またたく間に人気作となりました。「でっかちくん」と「スマートパパ」は、今でも中国の子どもたちに人気のキャラクターです。このアニメーションは、中国における子ども向けのアニメ番組を代表するものとなりました。アニメーションも原作も、どちらもとても人気があります。

（成實朋子）

中学年向

ボタン

張《チャン》 之路《チールー》 作

渡邊晴夫 訳

（『虹の図書室』第8号、1997年）

せまい家には机《つくえ》はひとつしかおけない。お母《かあ》さんは授業《じゅぎょう》の準備《じゅんび》をする必要《ひつよう》があるし、南南（ナンナン）も小学校の一年生だから勉強しなくてはいけない。お父《とう》さんは台所に行って本を読むしかないのだ。よその家ではこんなことはない。

莉莉(リーリー)の家にはピアノだってあるし、大きなカラーテレビもある。小丹(シァオダン）の家もお金持ちで、壁《かべ》にそって大きなそろいのタンスがずらっとならべてある。タンスはクリーム色で、ぴかぴかとかがやいていて、鏡《かがみ》のように姿《すがた》がうつるほどだ。でも、ナンナンのうちはそうはいかない。ナンナンのお父《とう》さん、お母《かあ》さんは、ふたりとも小学校の先生だけど、給料《きゅうりょう》が少ないので、くらしはいつも楽ではない。

いつだったか、お給料《きゅうりょう》が出たので、ナンナンはお父《とう》さんお母《かあ》さんといっしょにデパートに行った。お母《かあ》さんはお父《とう》さんのために春と秋に着る上着を買おうとしていた。カウンターの前でお母《かあ》さんが服のねだんをきいているところへ、いつのまにかお父《とう》さんがスカートを一枚《まい》、手にもってやってきた。

それはうす紫色《むらさきいろ》のスカートで、デザインが新しく、仕立てもていねいなだけでなく、生地《きじ》も高級だった。うす紫色《むらさきいろ》はお母《かあ》さんのいちばん好《す》きな色だ！　お母《かあ》さんの目がパッとかがやいた。お母《かあ》さんはスカートを体にあて、鏡《かがみ》の前まで行って長い間うつしていた。

ナンナンはお母《かあ》さんが急に若《わか》くなったと思った。でも、ねだんを聞くと、お母《かあ》さんはきまりわるそうにスカートを店員に返した。

「買いなさい！　私《わたし》の上着はあとでいいから！」とお父《とう》さんがいった。

お母《かあ》さんはくちびるをかんで、しばらく考えてからいった。

「スカートのデザインはおぼえたから、いつか布地《ぬのじ》を買えたら、自分で作れるわ！　十何元《ユエン》も節約《せつやく》できるのよ！　それにもうすぐ秋だから、着られなくなるし！」

何か月もたって、冬がきたけれど、お母《かあ》さんの布地《ぬのじ》はまだ買えなかった……。

「おやすみなさい、ナンナン」

お母《かあ》さんがいった。

「いや！　わたしもうすこし遊びたい」

ナンナンはいった。

「いい子だから。明日《あす》も学校があるでしょ。おやすみなさい！」

お母《かあ》さんはナンナンのためにかけぶとんをめくってくれた。

「お母《かあ》さんもねたら？　明日《あす》お仕事に行くんでしょ」

お母《かあ》さんは笑《わら》った。目じりにいくすじか小じわができた。

ナンナンはねついた。お母《かあ》さんの温《あたた》かくてやわらかな手でなでてもらううちに、眠《ねむ》りこんだのだった……。

「ナンナン、起きてオシッコしなさい」

ナンナンはねぼけながら起きあがった。ぼんやりとした目に、ふちかざりのついたウールのジャケットが、机《つくえ》の上におかれているのが見えた。それはお母《かあ》さんが秋口にナンナンのために作ってくれたものだった。その時はちょうどよいボタンが見つからなかったので、しばらくタンスに入れられて眠《ねむ》っていたのだ。

「お母《かあ》さん、ボタン、あったの？」

ナンナンは目をこすりながら机《つくえ》のそばまで歩いていった。

お母《かあ》さんはびっくりしたように、あわてて腕《うで》で机《つくえ》の上のものをかくした。

「はやくおやすみなさい、ナンナン。いうことをききなさい」

ナンナンは眠《ねむ》れなかった。なんだかとても変《へん》な気がしたけれど、聞いてはいけないと思って、うす目をあけてこっそりと見ていた。

すこしすると、お母《かあ》さんはナンナンが眠《ねむ》ったと思ったらしく、机《つくえ》の上の服を手にとった。銀色に光るコインが五つ、ナンナンの目に入った。五分《ウーフェン》（分《フェン》は中国の貨幣《かへい》の最小《さいしょう》単位《たんい》）玉だった。お母《かあ》さんはひとつずつ机《つくえ》の上にならべ、コインの大きさに合わせて発《はっ》泡《ぼう》スチロールを五つくりぬいた。そしてひき出しからきれいなもようの布切《ぬのき》れを出して、コインと発泡《はっぽう》スチロールを包《つつ》んでぬいちぢめ、きれいなくるみボタンを五つ作った。

お母《かあ》さんがボタンをジャケットにつけると、なんとジャケットにキラキラ光る大きな目が五つできたみたいだった。ボタンのまわりの赤いふちどりがすてき……。ナンナンは今までこんなきれいなボタンを見たことがなかった。でも、お母《かあ》さんはなぜナンナンに見せてくれないで、手でかくしたりしたのかしら。ナンナンはおもしろくなかった。

でも、しばらくじっとしていてから、ナンナンはそっと笑《わら》った。ウン、ウン、お母《かあ》さんはナンナンをだまそうと思っているな。けど、だまされないぞ……ナンナンは何か考えようとしたけれど、ふとんの中が暖《あたた》かいため、考えようとしたことはぜんぶ溶《と》けてなくなってしまった。

つぎの朝、ナンナンが教室に入っていくと、女の子たちがどっととりかこんだ。

「ワァー！　ナンナン」

女の子たちの目はまるくなっている。

「ナンナン、買ってもらったの？　作ってもらったの？」リーリーがまっ先にきいてきた。鼻がナンナンのジャケットにくっつきそうなくらい目を近づけている。

ナンナンは内心得意《とくい》でならなかった！　わざと何でもないというふりをして、カバンを肩《かた》からおろし、ゆっくり机《つくえ》の中に入れた。でも小さな手で服のすそをちょっともち上げて、ニコニコ笑《わら》いながらいった。「あててみて！」

先生が来た。先生も子どものように目をまるくして、かがんで、ナンナンのボタンをそっとなでた。「お母《かあ》さんが作ってくれたの？」

ナンナンはうなずいた。

先生は立ち上がると、笑《わら》いながらみんなにたずねた。

「ナンナンの服はすてきですか？」

「すてきでーす」

女の子たちはいっせいにいった。

「すてきじゃねえ――気どってら」

ひとりの男の子がとつぜんいった。

ナンナンは悲しくなり、泣《な》き出《だ》しそうになった。先生はほほえんで首を横にふった。

「ナンナンは気どってなんかいません。先生は子どもたちがみんな花のようにきれいになってくれることを願《ねが》っています。もちろん、みなさんがお母《かあ》さんにいい服をおねだりして、お母《かあ》さんが買ってくれないといって、泣《な》いたりしたら、それはいけませんけどね。そうでしょう？」

「ハーイ」

子どもたちはいっせいに答えた。

先生はつづけていった。

「ナンナンのボタンがこんなにきれいなのは、お母《かあ》さんが作ってくれたからです。あさって、みなさんにもくるみボタンの作り方を教えましょう」

「すてき！」

子どもたちは大よろこびではくしゅをした。

ナンナンは笑《わら》った。お母《かあ》さん以外《いがい》にだれもこんなふうに丸くてかたい大きなくるみボタンを作れないわ、と思った。どう！　くるみボタンの中に何が入っているか、だれも知らないんだから……。でも、先生には教えてあげなくては。もちろん、今はいわないけれど……。すてきな秘密《ひみつ》をもったので、ナンナンはすっかりうれしくなった。

おひるに学校から帰るとき、ナンナンはアイスキャンデーを売る車のそばを通った。

アズキアイスを見ると、とても食べたくなった。甘《あま》くてひやっこいアズキはとてもおいしいんだから！

でも、冬になったら、アイスはぜったい食べてはいけないって、お母《かあ》さんはいっていた。冷《つめ》たいものを食べすぎると、ナンナンの腎《じん》がよわって、病気になるからだ。ナンナンは腎《じん》がよわるって、なんのことかわからない。でも、お母《かあ》さんはいつもとなりの毛毛（マオマオ）がおねしょをするのをひきあいに出して、ナンナンに注意するのだ。マオマオがおねしょをするのは、冬にいつもアイスを食べるからだって。

ナンナンはアイスキャンデーの車が目に入らないように顔をそむけて、のろのろと歩きながら、自分にいいきかせた。冬のアズキアイスは冷《つめ》たくて歯にしみるから、味も夏ほどよくないかもしれない、と。

一週間たったのに、先生はくるみボタンの作り方を教えてくれなかった。きれいなウールのジャケットもはじめほどめずらしくなくなって、女の子たちも毎日きまってきれいなボタンにさわるということはなくなった。ところがアイスキャンデーの車はいつまでも気になる。毎日おひるになると、いつもたくさんの子どもがとりかこんでいた。その日、ナンナンがいつものようにアイスキャンデーの車のそばをやっとの思いではなれた時、頭にすばらしい考えがうかんだ。

午後の自習時間になると、ナンナンはナイフで三番目のくるみボタンをとめている糸を注意深く切りとった。まもなくナンナンの片方《かたほう》の手にはピカピカ光る一枚《まい》のコインがにぎりしめられていた。もう一方の手には紙のように軽い小さなきれがあった。

ナンナンは〝ボタン〟を一本のアズキアイスにかえたのだ。なんて甘《あま》いんだろう──でも、すぐにアイスキャンデーは食べおわり、あとかたもなくなった。ボタンはなくなり、アイスキャンデーもなくなった。ナンナンはくやんでいた。ちょっぴりおそろしかった。

家へ帰るとちゅう、ナンナンはまわり道をして、おばあちゃんの家にやってきた。

「おばあちゃん、ボタンがこわれちゃった。うちに帰ると、お母《かあ》さんにしかられる」

ナンナンは手にあのきれをにぎっている。自分でもなぜかわからないけど、泣《な》き出《だ》していた。

おばあさんはナンナンをなだめながら、かたいボール紙をさがしてきて、ボタンの大きさにあわせて丸く切ったものを何枚《まい》かかさねてぬいなおし、ナンナンの服につけてくれた。ナンナンは笑《わら》った。今ぬいつけたばかりのボタンを手でさわってみた。ちょっとやわらかい感じがするけれど、遠くから見ればぜんぜんわからない。もうボタンをアイスキャンデーにかえたりはしない、とナンナンは決心した。

ところが、ナンナンがくいしんぼうなのか、アイスキャンデーがおいしすぎるのか、おひるに学校から帰る時になると、アイスキャンデーの車が手まねきをしているように思えて、急にのどがからからにかわくのだ。こうしてナンナンは、また一つ〝ボタン〟を食べてしまった。前の時と同じように、ナンナンはおばあさんの家へ行ってボタンをつけてもらい、こんどはもうぜったい食べないぞ、と思った。

ナンナンも少しは意志《いし》があったということになるだろう。毎日一本食べたりはしなかった。

一週間がすぎた。ナンナンはぜんぶで四つ〝ボタン〟を食べてしまった。とうとう一番下にのこっているのだけが、ほんものだった。おばあさんはナンナンのためにボタンをつけてくれる時には、きまってぶつぶつともんくをいうのだった。

「おまえのお母《かあ》さんは、見た目ばかり考えて、ボタンをしっかりつけないんだから！」

土曜日の夜、お母《かあ》さんはナンナンをつれて西単《シータン》（北京《ペキン》の繁華街《はんかがい》）のマーケットに買い物に行った。店の中を歩いていると、たくさんのおばさんがものめずらしそうな視線《しせん》をナンナンにむけてきた。ひとりのおばさんはかがみこんで聞いた。

「おじょうちゃん、あなたのこの服どこで買ったの？」

ナンナンは顔をあげてお母《かあ》さんの方をちらっと見た。そういう時、お母《かあ》さんはきまって何気ないふりをし、顔をあげ、ナンナンにだけわかるかすかな笑《え》みをうかべる。それがお母《かあ》さんがいちばん得意《とくい》な時であることを、ナンナンは知っていた。

お母《かあ》さんは生地《きじ》を売っているところで立ちどまる時間が、いつもいちばん長かった。お母《かあ》さんは目だけでなく、カンがよく、どんな布《ぬの》でも手でそっとさわっただけで、生地《きじ》のよしあしがわかるのだ。

とつぜん、お母《かあ》さんの目がかがやいた。お母《かあ》さんはうす紫色《むらさきいろ》の生地《きじ》を手にもっていた。この前、お父《とう》さんがお母《かあ》さんに買ってあげようとしたスカートが、この色だった。

ひとりのおばさんが近よってきて、お母《かあ》さんが手にした生地《きじ》を見ながら、店員にたずねた。

「これと同じ生地《きじ》、まだありますか？」

「ございません。これは余《あま》り生地《きじ》です。これしかありません」

「あなた、お買いになるんでしょうね？」

そのおばさんはえんりょがちにお母《かあ》さんにたずねた。

お母《かあ》さんはいそいでいった。

「もちろんですわ！」

そういうと、お母《かあ》さんは体にあててみた。

ナンナンは手をたたいてとびあがった。

「きれいよ、きれいよ！」

こういう生地《きじ》をお母《かあ》さんが長い間買えないでいたことをナンナンは知っている。それに余《あま》り生地《きじ》はとてもねだんが安いそうだ。

お母《かあ》さんは笑《わら》ってさいふを出した。

「あの、おいくらですか」

「六元《ユエン》五毛《マオ》です」

店員は紙で布地《ぬのじ》を包《つつ》みだした。お母《かあ》さんはなぜかあわてた様子で、さいふの中のお金をぜんぶあけた。いくつかのコインが、カウンターの上からころがり落ちた。ナンナンはいそいで拾ってお母《かあ》さんに渡《わた》した。お母《かあ》さんは服のポケットをひっくり返したけれど、まだ二毛《アルマオ》（毛《マオ》は十分《フェン》）足りない。ナンナンも気が気でなくなった。

そばにいたあのおばさんが二毛《アルマオ》とり出して、お母《かあ》さんに渡《わた》していった。

「どうぞ使ってください！」

お母《かあ》さんは感激《かんげき》したようにちょっとうなずいたが、二毛《アルマオ》を返していった。

「ありがとう。でも、もう一度さがしてみますから……」

その時、お母《かあ》さんは急になにかを思い出したようだった。ふりむくと、ナンナンを見た。ナンナンの服を見、最後《さいご》にナンナンのボタンの上で目がとまった。

ナンナンはすぐわかった。体がぞくっとした。店員とそのおばさんはふしぎそうにお母《かあ》さんを見ている。ナンナンの顔色まで変《か》わった。

お母《かあ》さんはちょっと変《へん》な顔をしたけれど、すぐにふっとやさしい笑顔《えがお》になった。

たちまちナンナンは、たった今起ころうとしていたことを忘《わす》れたような気がした。

お母《かあ》さんは包《つつ》んでもらった生地《きじ》をそのおばさんに渡《わた》して、お礼をいうと、ナンナンの手を引いてカウンターをはなれた。お母《かあ》さんはナンナンのほおを手ではさんでちょっとキスをしていった。

「ナンナン、どうかした？」

「知らない！」

ナンナンは声をあげて泣《な》いた。わたしのお母《かあ》さんは、世界でいちばんすばらしいお母《かあ》さんよ……とナンナンは思った。

お店を出ると、お母《かあ》さんはナンナンにチョコレートキャンデーを買おうとした。

ナンナンはいった。

「お母《かあ》さん、この二毛《アルマオ》、わたしにちょうだい。明日《あす》、自分で買ってもいいでしょ？」

お母《かあ》さんは笑《わら》いながらいった。

「いいわよ、でも、アイスキャンデーはぜったいに買わないでね。わかった？」

ナンナンはうなずいた。こんどこそだいじょうぶ、とナンナンは思った。

★ 作家紹介

張之路《チャンチールー》

中国児童文学のマルチプレーヤー

張之路《チャンチールー》は一九四五年に北京《ペキン》に生まれました。一九六八年に北京師範《しはん》学院（現・首都師範大学）物理学科を卒業し、二年間の農場勤めを経て中学校の教師となりました。一九八二年に北京にある子ども向け映画スタジオに転職し、児童映画のシナリオを執筆《しっぴつ》するようになりました。一九八八年に製作された『霹靂貝貝（不思議な少年ペイペイ）』（宋崇監督）の脚本《きゃくほん》を書いたのは張之路です。嵐《あらし》の中に生まれた男の子ペイペイは生まれながら身体に電気を帯びていて、手にふれるものを次々にこわしてしまいます。嵐の夜に光るＵＦＯと宇宙人も登場するこの映画は、当時中国では珍《めずら》しいＳＦ特撮《とくさつ》映画として、とても注目を集めました。

のちに張之路は児童文学作家となり、たくさんの作品を書くようになりました。代表作と言えるのは、一九九一年に書いた長編小説『第三軍団』です。この作品の中には、学校の経営不振《ふしん》、進学率ばかりを気にする教師、荒《あ》れる子どもたちといったものが描《えが》かれていて、高度経済成長にさしかかった一九九〇年代当時の中国社会の問題点がうきぼりにされています。

張之路は学校の先生をしていたことがあるので、学校を舞台《ぶたい》にした作品も多くあります。例えば『題王許威武（テスト王シュイ・ウェイウ）』（二〇〇六年）では、強そうな名前なのに、全く勇ましくない先生の姿がコミカルに描《えが》かれています。一九八四年に発表された「羚羊木雕（邦題《ほうだい》「木彫《きぼ》りのレイヨウ」中村邦子訳、『虹《にじ》の図書室』第二巻第十四号、二〇一五年）」は、ヘルマン・ヘッセの「少年の日の思い出」のような味わいのある短編で、人民教育出版社の中学校一年用の国語教科書に掲載《けいさい》されています。

リアリズムな作品を書く一方で、中短編の小説や童話にも佳作《かさく》が多くあり、本作「鈕扣（ボタン）」もその一つに数えることができます。この作品の中では、せっかくお母さんがつくってくれたボタンで自分の好きなキャンデーを買い食いしてしまう女の子の心情の流れが、短い中にもていねいに描かれています。

（成實朋子）

高学年向

ぼくの身がわり

（『ふしぎなおじいさん』その二より）

孫《スン》　幼軍《ヨウチュン》　作

木全恵子　訳

（『虹の図書室』創刊号、1995年）

〈その一 のあらすじ〉
五年生のシンシンは、ある日、すごくおなかが痛《いた》くなって、学校を早引きした。帰りのバスで知りあった、白いあごひげのおじいさんは、なぜかシンシンのおなかが痛《いた》いことを知っていた。おじいさんに「願《ねが》いごとを一つかなえてやろう」といわれて、ついていくと、そこは魔法《まほう》で折《お》りたためる家だった。おじいさんはあっという間に、シンシンに生きた小鳥を飲みこませ、その小鳥がおなかの回虫を全部食べてくれて、おなかはすっかり治《なお》ってしまった。

ぼくが学校から帰ると、お母さんはすぐ、ぼくを部屋にとじこめる。宿題のためだから、しょうがないかもしれないけど、宿題が全部終わっても、まだ遊びに行かせてくれないんだ。ぼくのために借《か》りてきた、ぶあつい『数学公式全集』とか、『中学受験《じゅけん》一〇〇題』とかいう問題集を勉強しろというけど、そんなの、とてもやってられない。
お母さんはすごくきびしくて、台所で夕飯《ゆうはん》のしたくをしていても、五、六分おきに部屋をのぞきにくるんだ。ぼくがつくえの前にじっとすわって、『数学公式全集』を広げていれば、にこにこして、「いい子ね」という。

もしも運わるく、中国武術《ぶじゅつ》の、〈すいけん〉を練習しているときだと大変《たいへん》だ。フラフラして、よっぱらっているように見えるものだから、宿題が終わったかどうかに関係《かんけい》なく、目をまんまるにして、にらみつける。

「いったい、どうしたの？　からだがムズムズして、じっとしていられないのね。そうでしょ！」

そのいいかたが、ひにくっぽい。おまけにそういいながら、たいてい、ぼくが動けないように、からだをおさえつけるんだ。

その日、ぼくは宿題をすませると、借《か》りてきた『童話新聞』を、こっそり広げた。「ないしょ話コーナー」あての、五年生の手紙を読んでいたら、こんなことが書いてあった。

わたしは、やるべきことをやったら外で遊びたいと、いつも思っています。でも、いつだってパパとママが見はっていて、むりやり勉強させるのです。

ぼくはうれしくなった。この子のお父さん、お母さんは、ぼくの両親とそっくりじゃないか。つづきを読んでみた。

わたしは、特別《とくべつ》なスプレーを発明したいのです。外に遊びに行きたくなったとき、両親の目の前にシュッと吹《ふ》きつけると、ふたりはなにも見えなくなって、わたしは遊びに行けるようになります。家に帰ってから、もう一回、別《べつ》のスプレーを両親の目に吹《ふ》きつけると、そのとたんに両親はまわりが見えるようになって、わたしはもとどおり勉強している、というわけです。

この子はスプレーを発明できるかなあ。もし発明できたら、借《か》りて使うのも悪くないぞ……。

でも、最後《さいご》に書いてある学校名と名前を見て、がっかりした。あーあ、上海《シャンハイ》の子だったのか。ここからじゃ、遠すぎるなあ。それに女の子だし……。

ぼくはがっかりしながらも、この方法《ほうほう》の問題点を見つけた。この方法《ほうほう》はバカげてるぞ。両親の目の前でスプレーを吹《ふ》きつけたら、全部見えてしまうじゃないか。吹《ふ》きつける前に、一発なぐられちゃうよ。それに、スプレーに入れてある薬は、目に入ってもだいじょうぶかなあ。

お母さんはいつも、ぼくにあまりやさしくしてくれないけど、ぼくのほうは、いつだってやさしくしている。だからぼくには、そんなひどいこと、できないよ。

そうだ！　遊びに行く方法《ほうほう》なら、いくらでもあるぞ。たとえば、ぼくとからだつきがにている子をさがして、ぼくの服を着せて、すわらせておくんだ。どうせつくえは、かべに向いている。その子がすわって本を読んでいるのを見れば、お母さんはきっと、「いい子ね」といって、台所にもどって行くだろう。

この方法《ほうほう》には、もちろん問題点もある。からだつきがにている子がうまく見つかったら、その子は親切に助けてくれるかもしれない。でも、自分だけ外で楽しんで、その子にはイヤイヤ勉強させるなんて、いいのかなあ。

それに、どんなことにも、「もしも」ってことがある。もしもお母さんにゆとりができて、ほんとに『公式全集』を暗記しているのか、それともマンガをかいているのか調べたくなったら、すぐにバレちゃいそうだ。

ということは、もしもぼくににてる〈身がわり〉がいたとしても、うりふたつで、話し声までそっくりでなくちゃ、だめなんだ。

こんなことは、ほかの子（たとえば、あの上海《シャンハイ》の女の子）は思いつかないだろう。でもぼくは、ほかの子とはちがう。あの〈ふしぎなおじいさん〉に会ってから、すごく自信《じしん》が出てきたんだ。〈ふしぎなおじいさん〉にたのめば、ぼくの身がわりだって、さがせるかもしれないぞ。

ところが、ここ何日か、おじいさんの家が見あたらない。もしかしたら、町内の人たちから「建築違反《けんちくいはん》」だといわれて、しかたなく家を折《お》りたたんで、引っこしちゃったのかもしれないぞ。

やったー！　ツイてるぞ。その日の放課後《ほうかご》、おじいさんがヤナギの木の下に立っているのを見つけた。ようすをさぐるように、アパートの窓《まど》を見上げている。ぼくはいっぺんに元気が出てきた。

「おじいさん、おひさしぶりです。どうして、また引っこしちゃったんですか」

「新新（シンシン）じゃないか。ああ、ほかに方法《ほうほう》がなかったんじゃ。このアパートの二階に、むすめっこが住んどって、若《わか》いやつらが一日じゅう、さわがしい音楽をかけて、ドタバタおどりまくってたんじゃ。おまけに一階には、ばあさんがおってな。毎日のどをきたえとるんじゃ。窓《まど》から外に向かって、『ド・ラ・ネ・コ・ソ・ラ・シン・ダー』と、大声をはりあげよるんじゃ。あの声が聞こえてくると、わしはネコに心臓《しんぞう》をひっかかれたような気分になる。それで、やむなく引っこした、というわけなんじゃ。近ごろ町内会のやつらが、さわぐのを禁止《きんし》したらしい。そこで、ほんとうにさわがなくなったかどうか、たしかめに来た、というわけじゃ」

「それで、どうでしたか？」

おじいさんはもう一度、窓《まど》を見上げた。

「たいしたさわぎは、なさそうじゃ。まずは住んでから、ということにしよう。うるさくなったら、また引っこしても……」

おじいさんはふところから、折《お》りたたんだネズミ色の紙を取り出した。それを両手でつかんで思いきりふると、パッとあの家があらわれた。ぼくはおじいさんが、こういう「超能力《ちょうのうりょく》」をもっていることを知っていたし、大テーブルをポンとたたいて小さく折《お》りたたんだのも、この目で見たことがある。それなのに、今度もやっぱり、ポカンと見とれてしまった。

おじいさんは入り口の石段《いしだん》に上がって、ドアを開けた。

「お入り。わしに用事があるんじゃろう？」

ぼくはおじいさんのあとから家に入るとき、こっそりかべにさわってみた。それはテントなんかじゃなく、ガッシリしたレンガづくりで、前に見たのと同じだった。

おじいさんは小さいこしかけを引きよせて、ぼくをすわらせ、自分もこしをおろした。

「いってごらん。何かこまったことがあるんじゃろう」

ぼくは、遠慮《えんりょ》しながら、きりだした。

「あの……ぼくの〈身がわり〉がほしいんです……でも、どうしても、ってわけじゃありません。この前、おなかが痛《いた》かったのを治《なお》してもらったときとは、ぜんぜん別《べつ》で、できても、できなくても、いいんです。もしも、すごくむずかしかったら、できなくても……」

おじいさんは、おこりだした。

「どういう意味だね。わしには、むりだというのかね？」

おじいさんは、ぼくが何もいわないうちに立ち上がると、部屋のしきりのカーテンをめくって、おくの部屋に入っていった。

「こっちにお入り」

ぼくが入っていくと、おじいさんは大きなタンスのそばにいて、タンスについている鏡《かがみ》の前にぼくをおしやった。ちらっと鏡《かがみ》をのぞくと、ぼくの全身が映《うつ》っていた。

「まっすぐ立って。動かずに」

おじいさんがかべに近づいて、電気スタンドのひもを引っぱると、カチッと音がして部屋が真っ暗になった。自分の五本の指も見わけがつかないくらいだ。今、スイッチを切ったと思ったけど……待てよ。さっき入ってきたときは、たしか窓《まど》から光がさしこんでいたはずだ。まさか、おじいさんがスイッチを切って、太陽を消しちゃったわけじゃないだろうな。

暗やみの中で、おじいさんがぼくの前に来て、カサカサと紙を巻《ま》いているようだ。それから、むこうに歩いて行ったらしく、カチッと音がして部屋はまた明るくなった。

真っ先に気がついたのは、目の前にあった大きい鏡《かがみ》がなくなっていたことだった。鏡《かがみ》があった場所には、ツルツルしたベニヤ板だけが残《のこ》っていた。おじいさんの方を見ると、クリーム色の巻《ま》き紙《がみ》を片手《かたて》に持って、その巻《ま》き紙《がみ》で、とくいそうに、もう片方《かたほう》の手のひらをたたいていた。

「あれっ、おじいさんの鏡《かがみ》は、まるめられるんですか？」

「あたりまえじゃ。まるめられなかったら、家をたたむときに、鏡《かがみ》がくだけてしまうじゃろうが」

すごい！　でも、これがぼくの身がわりと、どんな関係《かんけい》があるんだろう。ぼくが質問《しつもん》する前に、おじいさんが、

「ほうれ」

といいながら、巻《ま》き紙《がみ》をひとふりすると、とつぜん人間がとび出した。頭が大きくて首が細い、ぼくとそっくりな男の子だ。着ている服やくつまで、ぼくのと同じだった。もしもその子がぼくの真ん前に立っていたら、きっと鏡《かがみ》を見ているような気がしただろう。

その子はおじいさんの真正面に立って、目をパチクリさせながらおじいさんを見ている。

「〈身がわりくん〉や、この子は、あだ名が〈石頭くん〉で、本名は趙新新（チャオ・シンシン）というんじゃ。きみの役目はたった一つ。このシンシンが外で楽しく遊べるように、かわりに部屋で勉強することなんじゃ。だがな、いっしょうけんめいに勉強する必要《ひつよう》はない。本を読むふりをしているだけでいいんじゃ。たとえ頭を使っても、どう

せムダになる。きみが勉強したものを、シンシンの脳《のう》みそに送りこむなんてことは、とうていできんのじゃから」

ぼくはその子が「イヤだ」といわないか心配で、あわててつけたした。

「そのとおりさ。ぼくがつくえの前にすわってても、ほんとは頭を使ってるわけじゃないんだ。だって、あれはみんな学校の勉強じゃなくて、お母さんにやらされてる特別《とくべつ》メニューなんだもの」

男の子はぼくを見ながら、何回もうなずいて、にっこり笑《わら》った。ふしぎなおじいさんは男の子に、

「よくわかったかね？」

ときいてから、ぼくの方を向いた。

「この子の役目が終わったら、ほれ、こんなふうに……」

といいながら、巻《ま》き紙《がみ》の両はしをつかんで、サッとふったとたん、男の子は消えてしまった。

おじいさんはぼくに、その巻《ま》き紙《がみ》をくれた。

「ためしてみるんじゃ」

ぼくがまねをして、巻《ま》き紙《がみ》をサッとふると、たちまち、にせものの〈石頭くん〉があらわれた。もう一回ふると、パッと消えた。ぼくはさか立ちしたくなるほど、うれしくなった。

ぼくはおじいさんにお礼をいって、家まで一気にかけ出した。

自分の部屋にとびこむと、しっかりカギをかけ、巻《ま》き紙《がみ》の両はしをギュッと持って、ひとふりした。パサッという音といっしょに、あの男の子があらわれた。男の子はすぐに、つくえにかけよった。いすにすわると、本を一さつ引っぱり出して、身動きひとつせず読み始めた。

ぼくはワクワクしてきて、男の子に話しかけた。

「あわてない、あわてない。お母さんはまだ仕事から帰ってないんだ。先に宿題をやらなくちゃ。お母さんは宿題が終わるころ、帰ってくるんだよ。そして、ぼくの宿題を調べてから、夕飯《ゆうはん》のしたくをしにいくのさ。だから、きみはそのときにもう一回出てきて、ぼくの身がわりになってもらいたいんだ」

「わかった。じゃ、ぼくをもとにもどしてよ」

でもぼくは、すぐにはもどしてやらなかった。〈身がわりくん〉は、声はたしかにぼくとそっくりだ。でも、頭のなかみもテストしてみなくちゃ。もしもお母さんから、何かきかれたときに、へまをしないか知っておく必要《ひつよう》がある。そこで、〈身がわりくん〉にきいてみた。

「もしも、きみが本を読んでいるときに、ぼくのお母さんが入ってきて、『何をしてるの』ときいたら、きみはどう答える？」

「すぐには、うまく答えられないよ」

男の子は手にした本をパラパラめくりながら、

「そうだ、こう答えよう。今、この本を読んでるところ……アッ、いけない。『ワシを射《い》とめた英雄《えいゆう》のものがたり』を読んでる、なんていうのは、まずいかなあ」

と、きいてきた。

「まずいさ。それじゃ、バレちゃうよ」

ぼくは顔をしかめたけれど、ほんとはすごく満足《まんぞく》していた。この〈身がわりくん〉、なかなかいいぞ。字も知ってて、本の題名もスラスラ読めた。それに、お母さんの目の前では、こんな本は読めない、ということまでわかってる。最高《さいこう》だ！　もう一回テストしてみよう。

「もし、ぼくのお母さんから、『また、そんな本を読んで。いい中学に入りたくないの？新しい自転車はほしくないの？』ってきかれたら、どう答える」

「きみなら、どう？」

「ぼくがきいてるんだぞ」

「わかってるよ。でも、ふだん、こういう場合、きみがどんな態度《たいど》をとってるか、知っておかなくちゃ。そうじゃないと話がくいちがって、ぼくがきみじゃないって、わかっちゃうだろ」

なるほど。それなら、教えてやろう。

「お母さんから何をきかれても、相手になっちゃいけないよ。『別《べつ》に。別《べつ》に。別《べつ》に』って、声をだんだん大きくしていくんだ。自信《じしん》をもってね……」

〈身がわりくん〉は、びっくりした。

「えーっ！　そんなこといったら、お母さん、おこらないかい？」

「いい質問《しつもん》だ。だから声を大きくするときに、お母さんの顔つきに気をつけるんだよ。もしも、『からだが、ムズムズしてきたんじゃない？』といいたそうだったら、いそいで『ワシを射《い》とめた英雄《えいゆう》のものがたり』をどけて、『中学受験《じゅけん》一〇〇〇題』を引っぱり出せば問題ないよ」

「からだがムズムズするって、なんのこと？」

「えーと、えーと、そんなこときくなよ。どうせ、ろくなことじゃないんだから。とにかく、そういわれたらいすにすわって、お母さんが用意してくれた、ああ、この本さ。これを手にしてさえいれば、だいじょうぶ。保証《ほしょう》するよ」

宿題が終わると、ぼくは〈身がわりくん〉に、もう一回注意してから遊びに行った。

最初《さいしょ》の日だから、遊んでいても落ちつかなかった。身がわりがバレてるんじゃないかと、心配でたまらなかった。たとえば、お母さんが宿題のまちがいを見つけて、「いったい、どうしたの？ こんなミスをして。また、からだがムズムズしたってわけ？ やり直しなさい」なんていったら、あいつはうまくやれるかなあ。バカみたいに、「からだがムズムズするって、なんのこと？」なんてきいたら、まずいぞ。

結果《けっか》は、まあまあだった。

ぼくがうす暗くなるまで遊んで家に帰ると、お母さんはお父さんと、自分たちの部屋でテレビを見ていた。ぼくはこっそり、自分の部屋にしのびこんだ。〈身がわりくん〉は、まだまじめくさって、つくえに向かって本を読んでいた。ぼくが帰ったのに、ふりむきもしない。

「おい、知らんぷりするなよ」

〈身がわりくん〉はふり向いて、にこっと笑《わら》った。

「知らんぷりなんかしてないよ。気がつかなかったんだ。ねえ、この『もはん作文』って、とってもおもしろいね」

どうやら、何も問題はなかったようだ。ぼくはうれしくなって、〈身がわりくん〉に何度もお礼をいった。

「とんでもない。ぼくの役目だもの」

「お母さん、何もいわなかったよね？」

「きみのお母さん、すごく喜《よろこ》んでたよ。最初《さいしょ》に部屋に入ってきたときは、『いい子ね』といって、すぐに出て行った。二回目は、きみの宿題を調べて、『ウーン、まあまあね』といった。三回目は、『ご飯《はん》よ』と、よびにきた。四回目は、入ってきたとたん、すごくうれしそうだった。『まあ、きょうはどういう風の吹《ふ》きまわし？　いつもなら、食べたあとは消化のために、血液《けつえき》が胃《い》にたくさんいくように、脳《のう》は休ませなくちゃいけない、なんて理屈《りくつ》をこねるのに、きょうは自分から本を読み始めて。なんていい子なんでしょう』といって、すぐにチョコレートを二つ持ってきてくれたよ」

ぼくは、思わずつくえの上を見た。あいつはすごくカンがいい。すぐにぼくの気持ちをさっして、すまなそうにいうんだ。

「あんまりいいにおいだったから、がまんできなくて、一つ口に入れちゃったんだ。半分ずつにしようと気がついてたら、きみをおこらせずにすんだのに。チョコレートがあんなにおいしいなんて、思ってもいなかったんだ。それで、がまんできなくなって、もう一つも……ほんとに悪かったよ」

「いいよ、いいよ。ぼくだって、しょっちゅう、がまんできなくなるもの。それに、きみはぼくの身がわりだ。ぼくのかわりに本を読むだけで、おやつは食べられないなんて、おかしいよ」

口ではこういったけど、すごくざんねんだった。毎日ちゃんと勉強すると、チョコレートが一つもらえる。きょうは、特別《とくべつ》に二つもらったのに、ぼくには半分もなかったなんて……。

ぼくは、お母さんが入ってくるんじゃないかと、気が気じゃなかった。だから、おしゃべりを少しで切り上げると、巻《ま》き紙《がみ》をふって、〈身がわりくん〉を紙の中に入れてしまった。

それから台所にしのびこんで、ご飯《はん》を食べていると、お母さんが物音に気がついて、見にきた。

「まあ！　ネコかと思ったわ。この子ったら、きょうはどうしたのかしら。さっき三ばいも食べたのに、もうおなかがすいただなんて」

お父さんが自分の部屋から口を出した。

「たくさん食べたら、ダメなのかい？　育ちざかりなんだよ」

ぼくはお父さんのことばを聞いて、すっかりうれしくなった。きっとお母さんが、ぼくがいい子だったと話したんだろう。お母さんは笑《わら》いながら答えた。

「そうね。たくさん勉強してたくさん食べれば、頭もよくなるし、からだも大きくなるわね」

一日目は大成功《だいせいこう》だった。ぼくはひそかに喜《よろこ》んだ。二日目は早く遊びに行きたくて、算数の宿題を二つまちがえてしまった。お母さんがおこったらしい。ぼくは外で遊びにむちゅうで見てなかったけど、〈身がわりくん〉は、りっぱに役目をはたしてくれた。

「また、おっちょこちょいをやっちゃった」と自分から反省《はんせい》して、宿題をやり直しただけでなく、答えもちゃんと合っていたそうだ。

ぼくは家に帰ってからこの話をきき、うれしくなって、〈身がわりくん〉を思いきりほめてやった。それから何日かは、とてもうまくいったので、すっかり安心した。

毎日二時間も遊べるのは、みんな〈身がわりくん〉のおかげだ。ぼくは心から感謝《かんしゃ》して、いつも〈身がわりくん〉をほめたたえた。あいつが、お母さんからもらったリンゴやチョコレートを全部食べてしまっても、文句《もんく》ひとついわなかった。

ところがあいつは、最初《さいしょ》のころの遠慮深《えんりょぶか》さがなくなって、ときどき、すごく態度《たいど》が大きくなった。まるで自分はわが家の大事なメンバーだ、とでもいいたそうで、これにはがまんできなくなった。たとえば、お母さんのよび方だ。あいつは初《はじ》め、〈きみのお母さん〉といっていた。そのうち〈ぼくたちのお母さん〉とよぶようになった。ぼくはムッとして注意した。

「最初《さいしょ》は、そうはよばなかっただろう。いっとくけど、ぼくのお母さんだよ」

あいつは、ぜんぜん悪いと思ってない。

「きみも〈お母さん〉ってよんでるし、ぼくだって〈お母さん〉ってよんでるよ。それなのに、どうして〈ぼくたちのお母さん〉じゃないんだい？　それがいやなら、こんどは、〈おばさん〉ってよぶよ」

ぼくはあせった。

「いったい、どういうつもりだ。そんなこといったら、すぐバレるだろ」

「そうさ」

しかたがない。〈ぼくたちのお母さん〉とよびたいんなら、よばせておこう。

ところが、これだけでは終わらなかった。あいつはだんだん、生意気になってきた。最初《さいしょ》はぼくのものを食べると、ちょっぴりすまなそうにしていた。でも、このごろは、何かおいしいものを食べると、わざとぼくの目の前で見せびらかす。

「ああ！　きょうぼくたちのお母さんが、ぼくに買ってくれたチョコ、すごかったなあ。何が入っていたと思う？　かむと、中からあまいお酒が出てきて、なんともいえない味がしたなあ」

「食べたことあるよ。ウィスキー・ボンボンだろ。別《べつ》にたいしたことないさ」

「たいしたことだなんて、いわなかったよ。とてもおいしかった、といっただけだろ」

あいつは、ポケットからチョコレートを一つ取り出して、金色のつつみ紙をはがすと、口に放りこんだ。あいつがチョコレートをかむと、ウィスキーが口のはしからあふれ出た。それを指ですくって、その指をなめながら、あいつはとくいそうにぼくを見た。ぼくはとても見ていられなくて、巻《ま》き紙《がみ》をひとふりして、あいつを巻《ま》き紙《がみ》の中に入れてしまった。

お母さんがぼくに買ってくれた万年筆も、あいつにぶん取られた。「よこせ！」といっても、返してくれなかった。ぼくも、しつこくはいわなかった。ケチだと思われたくなかったし、何といっても、あいつはぼくの身がわりだ。なのに、あいつときたら、わざとらしく、ぼくの目の前でインクびんを持ち出したり、万年筆をひねって、インクをチューチューすわせたりする。

「もう、インクがいっぱいだぞ」

「フン、きみのオンボロのペンとはちがうよ。ぼくの万年筆は新品だから、たくさん入るのさ」

と、ヘラヘラ笑《わら》ってる。

こんなことが、だんだん増《ふ》えてきた。ぼくは、かなりがまんしてきたけど、とうとうケンカになった。

ある日、思うぞんぶん遊んで帰ったら、お父さんもお母さんもいなかった。部屋に入ると、あいつがぼくにいった。

「ぼくたちのお母さんは、さっき帰ってきたよ。でも、今夜はぼくたちのお父さんと、映画《えいが》を見にいくといって、出かけたばかりだ」

ぼくは、「ふうん」といったけど、それなら、もっと遊んでくればよかったなあと、後悔《こうかい》した。あいつは足を組んでいすにこしかけていた。ぼくはあいつのくつを見て、思わずドキッとした。新品のスニーカーじゃないか！

あいつは、片方《かたほう》の腕《うで》をいすの背《せ》もたれにのせ、もう片方《かたほう》は、つくえにのせて、えらそうに指先でトントンと、つくえをたたいていた。そして、組んだ足をピョコピョコさせて、とくいそうにいった。

「ねえ、このくつ、どうだい？　お母さんがぼくに買ってくれたんだ」

ほんとうは、ぼくはずっと前から、こんなスニーカーがほしいと、お母さんにねだってたんだ。やっと買ってもらえたのに、あいつの物になっちゃうなんて。

「それは、ぼくのお母さんが、ぼくに買ってくれた物だぞ」

「どうして、きみの物っていえるんだい？　ぼくのお母さんがさっき、くつを持ってきたとき、何ていったと思う？『この子は、なんておりこうなの！　ついこの間までは、宿題が終わったとたんに遊びに行きたがったのに、最近《さいきん》はしっかり勉強して。もっと早くにこうしていたら、とっくに買ってやったのに。しっかり勉強するのよ。これからもずっとがんばれたら、ほしい物はなんでも買ってやるわ』っていったんだ。わかったかい？　これは、ぼ・く・に・買ってくれたんだよ」

あいつはとうとう、〈ぼくたちのお母さん〉を〈ぼくのお母さん〉に変《か》えてしまったぞ。これは、くつだけの問題じゃない。ぼくはあいつにつめよって、鼻先に指をつきつけた。

「くつをぬいで、ぼくによこせ！」

あいつはぬがないどころか、立ち上がるといすをおしのけて、ボクシングみたいに両こぶしを前後にかまえた。

「あれっ、ケンカをふっかける気かい？　くつをぬいで、ぼくによこせよ！」

「ぬぐもんか。やれるもんなら、やってみろ！」

ぼくはカッとなって、頭に一発、ゴツンとおみまいした。あいつも遠慮《えんりょ》なく、ぼくの頭をなぐり返してきた。ぼくが耳をギュッとつかんで、思いきり引っぱると、あいつもぼくの耳を引っぱった。ぼくがもう片方《かたほう》の手であいつの首をつかむと、あいつもぼくの首をかかえこんだ。ふたりが同時に力を入れたので、いっしょにドスンとたおれた。

ぼくがあいつをおしたおすと、あいつも力をふりしぼって、くるりとぼくをはね返し、馬乗りになった。ぼくはあいつをふり落とそうとしたけど、できなかったので、手をのばしてクズカゴをつかみ、あいつの頭をバシッとたたいた。あいつはびっくりしてひっくり返り、頭をゴツンと床《ゆか》にぶつけた。あいつはあわてて起き上がると、頭にかぶさったクズカゴをぬいで、放り投げた。それからいすを頭の上に持ち上げて、ぼくにぶつけようとした。いすとクズカゴでは大ちがいだ。ぼくの頭がほんとうに石頭だったとしても、気絶《きぜつ》してしまう。

ぼくはとっさに思いついて、戸だなの上にあった巻《ま》き紙《がみ》をつかんで、ひとふりした。パサッと音がしたとたん、いすがころがり落ちて、あいつは消えていた。

フン、あいつがどんなに強くたって、最後《さいご》はぼくのいうことを、きかなくちゃならないんだ。あいつは巻《ま》き紙《がみ》をすごくこわがってる。巻《ま》き紙《がみ》のそばには来たがらないし、さわろうともしない。サルの孫悟空《そんごくう》はお釈迦《しゃか》さまの手のひらから飛《と》び出《だ》せなかったけど、あいつだって、この巻《ま》き紙《がみ》からのがれることはできない、というわけさ。

よく朝、通学のとき、ふしぎなおじいさんが家のわきのヤナギの下で、中国式体操《たいそう》の、太極拳《たいきょくけん》をしているのに出会った。

「やあ、シンシン。あの身がわりくんはどうじゃね？」

ぼくはケンカしたことをいいたくなかったし、学校におくれるといけないので、「まあまあです」と、答えた。

放課後《ほうかご》、宿題を終わらせると、ぼくはまた遊びに行きたくなった。くつのことは、ぼくにもわかっていた。もし、ぼくがあのスニーカーをはいて遊びに行ったら、お母さんはあいつがスニーカーをはいていないのを見て、わけをきくだろう。だから、あいつによく説明《せつめい》して、あいつがいるときはあいつの物、巻《ま》き紙《がみ》に入っているときはぼくの物にするしかない。

ぼくはあいつを巻《ま》き紙《がみ》から出してやって、こういった。

「きのうはぼくが先に手を出して、悪かった。あやまるよ」

「とんでもない。ぼくもやり返して、よくなかったよ。いすをふりまわしたりして、きみの頭にほんとにぶつけてたら、どうなっていたか……思い出してもゾッとするよ」

ぼくが新しいくつは交代ではこう、と提案《ていあん》したら、あいつも賛成《さんせい》した。

「もちろん、いいとも。もしもぼくが、ずっと巻《ま》き紙《がみ》から出てこられなかったとしたら、どんなにカッコイイくつをはいても、なんの役にも立たないよ」


問題はかんたんに、解決《かいけつ》しそうだった。

ところが、その夜、大変《たいへん》なことが起きた。

ぼくがたっぷり遊んで家に帰ると、お母さんがぼくの部屋であいつをどなっていた。

「何回もいったでしょ。使い終わった物は全部、もとにもどしなさい。ほら、ちらかしっぱなしで、ブタ小屋になりそうよ」

もちろんぼくは、部屋に入っていく勇気《ゆうき》がなかった。ドアのすき間からのぞくと、あいつはお母さんにせきたてられて、せっせとかたづけている。ぼくはクスッと笑《わら》って、こっそりぬけ出した。しばらく外を歩きまわって家に帰ると、お母さんは自分の部屋にもどっていて、あいつしかいなかった。ぼくのかわりにしかられて、きっと、おこってるだろう。少しなぐさめてやろう、と思っていたのに、なぜか、あいつはごきげんで、ぼくを見ると笑《わら》いながらいった。

「いい知らせがあるんだ。ぼくの家がなくなったんだよ」

「なんだって？」

「ぼくの家だよ。ほら、あの片面《かためん》が銀色で、もう片面《かためん》がクリーム色の巻《ま》き紙《がみ》だよ。お母さんが、ボロボロのおもちゃなんかひろってきて、と文句《もんく》をいいながら、ビリビリにやぶいちゃったんだ」

「どうして、いわなかったんだ！　あれは大事な物だって」

「シーッ、声が大きい。お母さんに聞こえたら、バカをみるのはきみの方だよ。ぼくがなぜお母さんにいう必要《ひつよう》があるんだい。きみはあの巻《ま》き紙《がみ》で、ぼくをこらしめてるんだろう？」

と、あいつはニヤニヤしている。

ぼくが外に見に行こうとしたら、あいつが引きとめた。

「行ってもムダだよ。きみのお母さんが、巻《ま》き紙《がみ》をごみ置《お》き場《ば》にすてようとしてたから、ぼくが、『いくらすてたって、あとで拾えるよ』といったんだ。そしたら、きみのお母さんがカンカンになって、ストーブにおしこんで焼《や》いちゃったんだよ」

ぼくは気が変《へん》になりそうだった。もしお母さんにきかれる心配がなかったら、あいつの鼻っぱしらを一発なぐってやるところだった。ぼくは空気がぬけたゴムまりみたいに、ヘタヘタとベッドにすわりこんだ。

「そ、それじゃきみは、今夜どこにとまるんだい？　いったい、どうしたらいいんだろう」

あいつは、ぜんぜん気にしていなかった。

「問題ないさ。ぼくは今夜、きみのベッドでねるから、きみはこのまま遊びに行って、思いきり楽しんできていいよ。あした、いっしょにお母さんのところに行こうよ。お母さんが、息子がふたりほしいと喜《よろこ》んでくれたら、もちろん最高《さいこう》だ。もしもいやだといったら、お母さんにどちらかひとりを選《えら》んでもらうんだ。そのときはもちろん、事実をはっきりさせなくちゃ。どっちが毎日勉強していた方で、どっちが外で遊んでいた方か。テストしてもらってもいいから、いい子の方を選《えら》んでもらおうよ」

ぼくはしばらくポカンとしていた。それから、やっとドアを開けて、階段《かいだん》をかけおりた。

やっぱり、ふしぎなおじいさんをさがさなくちゃ。あいつをかたづける方法《ほうほう》を知ってるのは、おじいさんだけなんだ。

ところが、おじいさんの家の通りまで来て、ギョッとした。おじいさんの家が、かげも形もなくなってたんだ。

この前のように、となりのアパートで、若者《わかもの》たちがドタバタおどりまくったり、おばあさんの「ド・ラ・ネ・コ……」の発声練習がうるさくなったからだろうか。それとも、「建築違反《けんちくいはん》」で立ちのかされたんだろうか。

ともかく、ふしぎなおじいさんは、また引っこしてしまったのだ。

★作家紹介

孫《スン》幼《ヨウ》軍《チュン》

中国の子どもたちの〝怪老頭児(ふしぎなじいさん)〟★

孫幼軍《スンヨウチュン》は一九三三年に哈爾濱《ハルビン》で生まれました。彼《かれ》が生まれたハルピンという都市は、当時「満州《まんしゅう》」と呼ばれた現在の中国東北地方にあり、中国人以外に、日本人やロシア人など、いろんな国から来た人たちが住んでいました。後に孫幼軍はロシア語を習い覚え、日本の本の翻訳《ほんやく》も行いましたが、それは彼が生まれ育った環境《かんきょう》の影響《えいきょう》からかもしれません。

六歳の頃《ころ》より孫幼軍の一家は故郷を離《はな》れ、中国の北方を一家で転々としました。一家流転のきっかけは、鉄道局につとめていたお父さんが、スパイ容疑で秘密警察局に逮捕《たいほ》されたためです。孫幼軍には日本留学中に革命活動に参加するようになった叔父《おじ》さんがいて、お父さんがその居所を隠《かく》したためでした。孫幼軍の作品には主人公が流浪《るろう》する物語が多いのですが、そこにはこうした幼い頃のつらい経験が下敷《したじ》きになっているのではないでしょうか。

高校卒業後、孫幼軍は、北京俄語（ロシア語）学院二部を経て、一九五五年に北京《ペキン》大学に入学しました。ロシア語がよく出来たために、卒業後は外交学院という学校に配属され、外国から来た外交官に中国語を教えるようになりました。

子どものための物語を書くようになったきっかけは、ある年体調を崩《くず》して入院していた時に、たまたまベッドに置かれてあった布人形を見て、布人形が長い流浪の末に持ち主の女の子のもとへと戻《もど》るというお話を思いついたからだそうです。そこで書かれた物語が、のちに彼の最初の作品『小布頭奇遇記（シャオプートウの冒険）』となりました。このお話は、一九六一年に出版されると、たいへん人気が出て、中国の子ども達に広く読まれました。

こうして孫幼軍は仕事の傍《かたわ》ら、子どもの本を書くようになりました。一九八九年からは専業の児童文学作家となりました。『怪老頭児（ふしぎなじいさん）』は、そのころ書かれたものです。本作は一九九一年に出版されると、多くの子ども達に愛されました。お調子者でお母さんに怒《おこ》られてばかりいる新新（シンシン）の姿に、中国の子どもたちは共感をおぼえたのでしょう。孫幼軍は二〇一五年に亡くなりましたが、亡くなるまで、ずっと子どものための本を書き続けました。

（成實朋子）

高学年向

学校へは、川をわたって

崔《ツイ》　暁勇《シアオヨン》　作
高野素子　訳

（『虹の図書室』創刊号、1995年）

集落の前を流れるヤギ川には橋がありません。もともとは厚《あつ》い石の板をかけわたした橋があったのですが、鉄砲水《てっぽうみず》にはどうしても勝てず、鉄砲水《てっぽうみず》におそわれるたびに、厚《あつ》い石の板はあとかたもなくおし流されてしまいました。

そこでおとなたちは、水面に頭を出している橋脚《きょうきゃく》だった石の柱の上を大またでとんでいって、川をわたるようになりました。厚《あつ》い石の板を支《ささ》えていた石はみんなにふまれて、今ではつるつるになっています。

子どもたちも、学校へは川をわたっていかなければなりません。学校は川の向こうの集落にあるのです。けれど子どもたちの短い足では、石の柱の上をとんでわたっていくなんて、こわくてとてもできません。

そこでいつのころからか、まただれの思いつきかはわかりませんが、子どもたちは家で飼《か》っている水牛を川まで引いていき、その背中《せなか》に乗って深い川をわたるようになりました。向こう岸に着いたら牛を回れ右させて、おしりをぴしゃりとたたくと、牛はまた川を泳ぎわたって、牛小屋にもどります。そして子どもたちが昼ごはんを食べに家にもどる時と放課後《ほうかご》、牛たちはまた川へ行き、牛を呼《よ》ぶ子どもたちのかん高い声がひびく中、向こう岸までむかえにいって、子どもたちを乗せて泳ぎかえりました。牛は人間の心がわかるので、それは習慣《しゅうかん》となり、どこの家の水牛でも、田んぼを耕《たがや》していようが、土手で草を食べていようが、おとなが唐鋤《からすき》につないだ縄《なわ》を鼻からはずしてやると、すぐに川へ行くようになりました。

ただシーメイ（細妹）の家には水牛がいなかったので、シーメイはシャンザイ（山崽）の家の大きくてがっしりした水牛に、シャンザイといっしょに乗せてもらいました。二人は家がとなりどうしで、教室の席《せき》も同じ長椅子《ながいす》のとなりどうしでした。

シャンザイの家の水牛は背中《せなか》が平らで、その上で寝《ね》ることも、両足をそろえて横座《よこずわ》りすることも、後ろ向きに座《すわ》ることもできました。水牛は頭をそらして鼻のあなを水面に出し、すいすいと泳いでいきます。すきとおった水の中では、太くて短い足が岸辺を走る時と同じように動いて、グイッ、グイッと水をかいていきます。川の水は牛の肩《かた》にそって左右に分かれて流れていくので、背中《せなか》の上はいつもかわいていて、服やかばんをぬらすこともありません。

シーメイがいちばん好《す》きなのは、水牛の背中《せなか》の両側《りょうがわ》でシャンザイとならんで腹《はら》ばいになること。二人の間にあるグリグリ動く大きな背骨《せぼね》の数を数えながら、おしゃべりができるからです。

けれど、シャンザイはずっと腹《はら》ばいだなんてまっぴらでした。脱《ぬ》いだくつをシーメイに持たせると、ズボンのすそをちょっとまくり上げ、水牛のがっしりした首筋《くびすじ》にそって、ぬき足さし足歩いていきます。そして角と角の間に座《すわ》ると、両手で角をつかんで力いっぱいゆすり、大声で笑《わら》いながら牛の鼻を水の中におしこもうとします。でも牛が用心している間はどうしたっておしこめません。シャンザイはチャンスをねらって角をつかむと、さっと体を後ろにたおします。すると、牛の鼻は水の中にしずんでブクブクとあわをふき出し、シャンザイはハハハと大笑《おおわら》いするのでした。

シャンザイは水牛のおしりのところに立って、シーメイに目をかくせとかあっちを向けと命令《めいれい》してから、ズボンをおろしてジャージャーと川におしっこをすることもありました。シーメイは恥《は》ずかしいやら腹《はら》が立つやら。でも何も言えませんでした。水牛はシャンザイの家の牛でしたから。

まえは父さんがシーメイをおんぶして、川をわたってくれました。石の柱の上をひょいひょいとんで。

でも父さんはたきぎ取りをしていて、岩から落ちて死んでしまいました。

それでシーメイはシャンザイの家に行きました。

シーメイが伏し目《ふめ》がちに中に入ると、シャンザイがランプの下で頭をかきむしっていました。新しく習った漢字の読みかたが思いだせないのです。シーメイは目をきらっと輝《かがや》かせてそっと笑《わら》うと、シャンザイに読みかたを教えてあげました。そして顔を赤らめながら、思いきって川をわたる話をしました。

「うちの水牛に乗りたいって？」

シャンザイはニヤニヤしながら、わざとシーメイの顔を見たり、足もとを見たりしました。

「漢字と算数を教えてあげる」

と、シーメイが言うと、

「それと、毎日一回、水牛に水あびをさせな」

と、シャンザイが言いました。

シーメイはまっ白な歯をのぞかせて、にっこりうなずきました。

水牛に水あびをさせるなんて、おもしろそう！

このところ何日も、水牛は朝から晩《ばん》まで田んぼを耕《たがや》していたので、体中にこびりついた泥《どろ》で日もかくれてしまうほどでした。

シーメイはお日さまがしずむころ、水牛を川の下手《しもて》の浅瀬《あさせ》に引いていきました。川の上手《かみて》には行けません。そこでは集落の女の人たちが、平らな岩の上で木の棒《ぼう》で服をたたいて洗濯《せんたく》をしながら、おしゃべりしたり水のかけあいをしたりしているからです。

浅瀬《あさせ》の川底《かわぞこ》は砂地《すなじ》になっていて、水がにごることはありません。シーメイは両手で水をすくっては、水牛にかけてやりました。こびりついていた泥《どろ》は少しずつゆるんで、牛が体をぶるっとふるわせるたびにバラバラと落ちました。水牛は気持ちよさそうに半分目をつぶって、口をもぐもぐさせています。そそくさと飲みこんだ草をもう一度口にもどして、かみなおしているのです。

岸に上がった水牛は全身がしっとりと輝《かがや》いて、むらさき色の皮膚《ひふ》の下には赤黒い色がすけています。うすく生えそろった濃《こ》い灰色《はいいろ》の毛はすべすべで、体からはいいにおいがただよっています。シーメイはすっかりうれしくなりました。

けれど水牛のほうはシーメイの気持ちなどおかまいなし。泥《どろ》の中でごろごろするほうが気にいっていました。ですから田んぼを耕《たがや》し終《お》わると、泥《どろ》のたまった所をさがして、また体中を泥《どろ》だらけにしました。

シーメイは水牛が体を泥《どろ》だらけにするのは、いやなウシバエから身を守るためだということに気がつきました。そこで水牛を一日に何度も水の深い所につれていっては、体全体を水の中にひたしてやりました。こうしてウシバエに刺《さ》されなくなった水牛は、泥《どろ》だまりにも行かなくなりました。

夜になると、おとなたちはおしゃべりをしに、長椅子《ながいす》をかついで古いガジュマルの木のところへ行ってしまいます。

シーメイはランプの下で、シャンザイの宿題をみてあげました。新しく習った漢字を何十回教えてあげても、「わからないよ、わからないよ」とシャンザイは言いましたが、わざとそう言っていることがシーメイにはわかっていました。シャンザイは頭がよくて、算数の問題は難《むずか》しければ難《むずか》しいほどはやく解《と》けるのです。あまり難《むずか》しくない問題はかえってよくまちがえましたが。

それにシャンザイは、宿題が終わらないうちから遊びだします。たくさん持っている高いおもちゃはみんな、シャンザイの父さんが遠い街《まち》から買ってきてやったものでした。

シャンザイの父さんはめったに帰ってきませんでしたが、帰ってくるといつもニヤニヤしながらシーメイに、「大きくなったら街《まち》へ行きたいかい？　シャンザイといっしょに行くかい？」と聞きました。

街《まち》に行くまえのシャンザイの父さんは、笑《わら》い声《ごえ》がまわりの山々にこだまするくらいおなかの底《そこ》から笑《わら》っていたのに。今みたいに、ニヤニヤするだけで声を出さないなんてことなかったのに……。

シーメイはシャンザイの父さんがちょっとこわかったので、シャンザイの父さんが行ってしまうまで、シャンザイの家には行きませんでした。

シャンザイの父さんが行ってしまうと、シャンザイはズボンのポケットをおかしでいっぱいにして、授業中《じゅぎょうちゅう》こっそり食べました。いちばん好《す》きなのはむらさき色の長細いおかし。きらきら光る紙に包《つつ》まれ、『チョコレート』と書いてありましたが、シーメイには意味がわかりませんでした。シャンザイはいつも自分だけで食べていました。たまにシーメイがうらやましそうに見つめていると、ちょっとだけかじって、さっとシーメイの手ににぎらせてくれました。シーメイは急いでそれを口の中におしこみますが、薬のようなにおいがして、ちっともおいしくありません。集落の入り口にある小さな店で売っている一つ二分《フェン》の、紙にも包《つつ》まれていない、かむとカリカリ音がするあめのほうがずっとましでした。

算数の時間以外《いがい》いつも何かを食べていたシャンザイは、何度も先生に見つかっては立たされました。けれどおそろしいことに、シャンザイは少しもあわてないで、だまってニヤニヤするだけでした。シャンザイの父さんそっくりに。

シーメイはだれもいない時、たいていは放課後《ほうかご》の水牛の背中《せなか》の上で、伏《ふ》し目《め》がちに、「もうすぐ卒業試験《そつぎょうしけん》よ。国語が不合格《ふごうかく》だったら、中学校に上がれないよ」と、くり返し言いました。シャンザイはそのたびに眉《まゆ》をしかめ、夜になると遅《おそ》くまでシーメイを引きとめて、国語の勉強を見てもらいました。


ある日のこと、シーメイが川の下手《しもて》の浅瀬《あさせ》で水牛に水あびをさせていると、そばで一本の草をかみながらねころんでいたシャンザイがこう言いました。

「あしたから、川をわたるたびに一回二分《フェン》はらえ。一日四回で八分《フェン》……夜、国語を教えてくれたら、水牛の水あびはしなくていいから」

シーメイは何も言わずにその場を去りました。

でもお日さまがしずむころになると、シーメイはやっぱり毎日水牛を川につれていき、洗《あら》ってやりました。

シャンザイがお金の話をしてから数日間、シーメイの遅刻《ちこく》が続《つづ》きました。

そのわけを知りたくて、シャンザイが川岸の草むらにかくれて見ていると、シャンザイをわたし終わった水牛がすぐに泳ぎもどっていきます。そして地面にひざをつくと、シーメイが背中《せなか》によじのぼるまでモーモーとなき続《つづ》け、シーメイが乗るとまたすいすい泳いで、川をわたしてやったのです。

シャンザイはとび出していって、シーメイをつかまえてたたこうとしました。

シーメイは両手で顔をおおい、涙《なみだ》をぽろぽろ流しています。

突然《とつぜん》シャンザイがやけどでもしたかのようにとびのき、顔をまっ赤《か》にしてかけていってしまいました。シャンザイがシーメイの前で顔を赤くしたのは、これが初《はじ》めて。シーメイの胸《むね》にぶつかった時、その中で何かがふくらんでいて、シャンザイはどういうことかわからないまま、とにかくびっくりしてしまったのです。

その日から、シャンザイはシーメイに指一本さわらなくなりました。

シーメイもシャンザイの家に行かなくなりました。国語の復習《ふくしゅう》を手伝《てつだ》ってあげるのも、もちろんやめました。

卒業試験《そつぎょうしけん》まであと少し。

シャンザイは何日も落ちつかないようすでしたが、ある日奥歯《おくば》をグッとかんで決心すると、国語の時間におかしを食べるのをやめ、シーメイにさえ目もくれず、勉強に集中するようになりました。


シーメイも意地になりました。

シャンザイの家の水牛がひざをついてどんなに呼《よ》びかけても、もう乗りません。

あたしもおとなの人みたいに、石の柱の上をジャンプしていくの！

石と石の間は、おとなでも大またでとんでいかなければならないほど離《はな》れています。

シーメイはどきどきする心臓《しんぞう》をおさえつけて、目をとじました。でも、どうしても一歩目がふみ出せません。

学校のほうからは、授業《じゅぎょう》の始まりを告《つ》げるかねの音がかすかに聞こえてきます。学校のかねは古くなったトラクターの車輪《しゃりん》です。

また遅刻《ちこく》しちゃう！

シーメイの顔がさっと青ざめました。そして十数歩後ろにさがると、いっきにかけだしました。

ひとつ、ふたつ、みっつ……うまく調子にのって、半分までできました。ところが足の力がぬけたのか、あわててしまったのか、八つ目で川に落ちてしまいました。

シャンザイの家の水牛が、川に落ちたシーメイを背中《せなか》に乗せて岸に上がってきました。シーメイは額《ひたい》を石でちょっとすりむき、かばんの中の本も水浸《みずびた》しになりましたが、シャンザイの家の水牛が水にもぐって角でそっと背中《せなか》に乗せてくれたことが、うれしくてたまりませんでした。

シャンザイは目をまるくしてシーメイが向こう岸に上がるのを見ていましたが、ぽかんと開けたままにしていた口を閉《と》じると、のろのろと水牛の背中《せなか》にはいあがり、川をわたりました。シーメイはこの時とばかり、みんなの前でシャンザイに悪口を言いました。とてもきたない言葉で。

そして卒業試験《そつぎょうしけん》。

シャンザイは算数で満点《まんてん》をとり、国語もシーメイほど良《よ》くはなかったけれど、合格《ごうかく》しました。

でも、シャンザイは中学校には行きませんでした。父さんがシャンザイを働《はたら》かせるために、街《まち》へ連《つ》れていってしまったのです。

シーメイも一年行っただけでやめました。ここの女の子はほとんどが、小学校を終えるともう学校には行きません……家の仕事がたくさんあるのです。

それから何年もたって、おとなになったシャンザイが、おどろくほどたくさんのお金をかばんにつめて、集落に帰ってきました。結婚《けっこん》の約束《やくそく》としてシーメイに贈《おく》るために。

でも、シーメイはもう集落にはいませんでした。何日か前に花嫁籠《はなよめかご》に乗せられて、遠い山の向こうへお嫁《よめ》に行ってしまったのです。

シャンザイは一日中何も言わず、川辺《かわべ》に立っていました。

それから、そのお金で橋を造《つく》りました。

どんな大水にも流されない橋です。鉄筋《てっきん》コンクリートで造《つく》られ、橋面と橋脚《きょうきゃく》はコンクリートでひと続《つづ》きになっていて……。

今では、集落の子どもたちが川をわたるのに、水牛の背中《せなか》に乗ることはもうありません。

★ 作家紹介

崔暁勇《ツイシアオヨン》

地方で活躍《かつやく》する作家たち ★

崔暁勇《ツイシアオヨン》は一九五八年に貴州《クイチョウ》省に生まれました。中国作家協会の管理下にある中国作家網《もう》（www.chinawriter.com.cn）の情報によれば、中国人民解放軍に入隊していたこともあるそうです。一九八四年に編集の仕事に就くようになり、一九八六年からは子ども向けの作品を書くようになりました。最初の作品は、「闘蛇（戦うへび）」で、これは上海《シャンハイ》で出版されている雑誌《ざっし》『少年文芸』に発表されました。以降『少年文芸』や『児童文学』といった子ども向けの文学雑誌に短編小説を中心に作品を発表するようになりました。主な作品としては、中篇《ちゅうへん》小説『半個太陽爬上来（半分の太陽がのぼる）』、『月亮晒不乾衣裳（月では服は乾《かわ》かない）』、『猫兒河趣事（マオアル川のできごと）』等があります。本作「過河（学校へは川をわたって）」は、『月亮晒不乾衣裳』（江蘇少年児童出版社、一九九二年）の中の一作です。崔暁勇は一九九六年からは中国の南部に住まいを移し、雑誌の仕事をしながら、作品を執筆《しっぴつ》しています。

崔暁勇が執筆を開始した一九八〇年代頃《ごろ》より、中国の地方都市でも子どもの本を専門とする出版社が次々とできてきました。一九八〇年代から一九九〇年代までで、合計三一社もの子どもの本を専門とする出版社ができています。こうした出版社はそれぞれに看板《かんばん》となる子ども向けの雑誌を創刊し、地方で読者の獲得《かくとく》にはげみました。本作の作者・崔暁勇が雑誌の編集者となり、作家となったのもこの頃です。もちろん当人の希望もあってのことでしょうが、時代のニーズにこたえて、ということもあったのではないかと思います。

崔暁勇は決して有名作家というわけではありません。しかし彼《かれ》の作品には、中国の地方都市のようす、ふつうの少年少女の姿がリアリスティックに描《えが》かれています。牧歌的なその作品世界には、都会を舞台《ぶたい》とした作品にはないそぼくな味わいがあると言えるでしょう。

（成實朋子）

高学年向

操《あやつ》り人形

李《リー》 潼《トン》　作
中由美子　訳

（『虹の図書室』第12号、2000年
掲載時タイトル「アカギの木の下で」）

おやじは、三輪車を運転しているミンクン（明坤）おじさんに、何度も遠まわしにいった。「もうちょっとゆっくりやってくれよ。急いだって、二回は往復《おうふく》しなきゃならん。もし、わしら親子が車から落ちでもしたら、もう一往復《いちおうふく》、病院まで送って行かねばならんぞ」

ブッブーという車の音が大きすぎるからか、それとも聞こえないふりをしているのか、ミンクンおじさんは牛の角をつかむようにハンドルを握《にぎ》って、ブンブンすっとばし、ガタゴト跳《と》びはねながらチイチン（集慶）村へと急いだ。

「荷物をおろしたら、おまえとアチュエン（阿全）は舞台《ぶたい》を組み立てりゃいい。おれは急いでもどって、人形を運んでくる。あと六箱あるんだ。そんなにたくさん持ってくるにゃあ及《およ》ばねえのに。田舎町《いなかまち》なんだ、三箱もありゃ多すぎるぐれえだ。七つ八つの人形だって一幕《まく》、三十使ったって一幕《まく》。どっちにしろ、だあれもわかりゃしねえんだぞ」と、ひとりぶつぶついいながら。

おやじとおれは半分ぶらさがるようにして、運転台の後ろの荷台にすわっていた。風は耳もとをビュービュー吹《ふ》きすぎていくのに、ミンクンおじさんのことばは吹《ふ》き消《け》されはしなかった。でも、おやじは口をはさまない。おれはそれとなく、おやじに目をやった。おやじは前方のせまい道を見つめたまま、ほほえんでいる。口を開くようすはない。風に吹《ふ》かれてつったったおやじの白髪《しらが》に、おれはぎょっとした。もう一度目をやると、土手の砂《すな》ぼこりにあおられ吹《ふ》きなぐられ、車が走ってる間、髪《かみ》の毛《け》は頭にぺったりはりついていた。これまでずっと、五分刈《ごぶが》りの頭を見慣《みな》れていて気にもしてなかったけど、このとき初めて、おやじの髪《かみ》がうすくなり、白いものが増《ふ》えているのに気がついた。

出発前、ミンクンおじさんがいってた。

「三角公園のそばのチンピィヤオ（清標）だんなのとこで、お屋敷《やしき》を建てるのに、地面を掘《ほ》って基礎《きそ》をつくりなさるんだ。きのうの晩《ばん》、何度も頼《たの》まれてるのさ。土を運んでくれってな。今日《きょう》は、急いで行って急いでもどるしかねえんだ」

おじさんは舞台《ぶたい》を組み立てる材料を車に運んでくれながら、くどくどといってた。

「おれは、おまえに腹《はら》を立ててるんじゃねえよ。けどな、三十年も人形芝居《しばい》をやってて、荷物を運ぶ車の一台も買えねえんなら、さっさと商売替《が》えするんだな」

おやじはだまって、忙《いそが》しく出たり入ったりして道具を運んでいたが、一言も口をはさまなかった。おれは何度もいいかえしてやろうと思ったけど、すぐにはことばを思いつかず、「運んでくれないんならいいよ。ほかの人に頼《たの》むから」と、いえただけ。

おじさんとおやじは、子どものころからの遊び仲間。おやじが「人形遣《つか》い」だってことを、おれが知って以来、上演《じょうえん》するときはいつも、おじさんが道具を運んでくれてた。二人は親しいつきあいなんだ。おやじがこらえて何もいわないのに、おれが好き放題いえるだろうか。

おじさんのいうことも、もっともなんだ。

人形芝居《しばい》をして邪気《じゃき》をはらったり災《わざわ》いをしずめたりするのを、「迷信《めいしん》だ」って、人はおれたちをののしる。「人間が宇宙《うちゅう》へ行くっていうのに、まだこんな芝居《しばい》をやってるのか」

——そんな軽蔑《けいべつ》のまなざしを、おれだって見たことがないわけじゃない。

「五代目の後継者《こうけいしゃ》」っていうことばに、だまされたんだ。中学卒業《そつぎょう》の年、おやじはおれに長々と話してきかせた。

「おまえのじいさんのじいさんは、*唐山《タンシャン》で芸を学んで帰ってきて、父ちゃんが四代目。父ちゃんの代でしまいになるのも、しかたのねえことだ。よおく考えてみてくれ。跡《あと》を継《つ》ぐかどうか。無理じいはしねえ」

無理じいしないんだったら、なんだって一晩《ひとばん》じゅう話をするんだ。じいちゃんのじいちゃんアシュエイ（阿水）師匠《ししょう》の芸の見事さや心意気を、くりかえしいうんだ？　昔は、一日二回、半月に十五回も上演《じょうえん》するほど盛況《せいきょう》だったって。おれも信じるよ。だけど、今じゃ、半年に十五回。おれは心ひそかに喜《よろこ》んではいるけど、ミンクンおじさんみたいな人たちにあざけり笑わせといて、じっとがまんしてるなんてありえない。

三輪車が道のくぼみを通りすぎ、車体が激《はげ》しくはねあがった。舞台用《ぶたいよう》の角材がばらばらになりそうに揺《ゆ》れ、荷台のすみにおしこまれていたオンドリとおすのアヒルが、ギャーギャー鳴いた。おれはあわてて角材を持ち上げようと、片手《かたて》をのばした。そのとたん、体ごと車からころげ落ちそうになった。おやじが叫《さけ》んだ。

「ミンクン、車を止めろ！」

両足は地面に着いたけど、左手が角材にはさまれてしまった。おやじとおじさんが木を持ち上げてくれて、やっとはずれた。しゃがみこみそうになるほど腕《うで》が痛《いた》かった。ちぎれてはいない。たぶん、筋《すじ》をひねったんだろう。痛《いた》くて、さわれなかった。

おやじは急いでもんでくれながら、いった。

「アチュエン、がまんしろ。ちゃんとすわってたのに、なんではさまったんだ。気をつけねえと」

「だいじょうぶか」おじさんは両手を腰《こし》にあてて、ハハハハと大笑い。

＊唐山《タンシャン》：中国のこと。華僑《かきょう》が祖国《そこく》をいう。

「厄《やく》ばらいして、災《わざわ》いをしずめに行くのに、自分が先に邪気《じゃき》にやられるんじゃないぞ」

オンドリとアヒルはもう鳴かず、ひっそりと縮《ちぢ》こまっている。オンドリのトサカとアヒルの舌《した》からとった血を、芝居《しばい》の前、魔《ま》よけのお札《ふだ》につけるんだ。鳥たちに事故《じこ》があっちゃいけない。おれは、傷《きず》あとだらけのトサカをもんでやった。オンドリが頭をアヒルの羽の下にもぐりこませ、アヒルも避《さ》けようとはしない。この鳥たちがおれといっしょにいるようになって、丸三年になる。こいつらも〈旅芸人〉ってわけだ。おれとおやじは舞台《ぶたい》で人形芝居《しばい》をし、鳥たちは舞台裏《ぶたいうら》で待っている。トサカと舌《した》から血をとるとき、おやじはいつも注意深い。小刀の刃《は》を火で焼いてから、血を数滴《すうてき》とると、すぐに放してやる。これも、ミンクンおじさんの気に入らない。以前は人形芝居《しばい》がはねたあと家に帰ると、必ずニワトリやアヒルの肉で酒を飲んだもんだと、しっかり覚えているからだ。

「じいさん鳥になるまでおいとくつもりかい。なんで、早く生まれ変わらせてやらねえんだ。旅から旅で、一生苦しい思いをさせるんか」という。

毎回この五百元のお金を節約するたびに、ミンクンおじさんに笑われる。おやじは心の中でどう思ってるんだろう。おれにはわからない。けど、腹立《はらだ》たしい。なんでわざわざ苦しい想いをしてるんだ。こんなご時世、遅《おそ》かれ早かれ商売替《が》えしなきゃならないんだ。早いとこなんとかすりゃいいのに。「後継者《こうけいしゃ》」の名誉《めいよ》なんてぶったぎって、おれのせいにすればいいんだ……。でも、やっぱりいえやしない。

芝居《しばい》をたのんだ人が、チイチン村の入り口のカーブのところで待っていて、三輪車をアカギの木の下の空き地まで誘導《ゆうどう》してくれた。おやじは車からおりて、そのおじさんと話しながら、あちこち指さし、空を見たり地面を見たり、右や左を見回している。そしてやっと、おれとミンクンおじさんに、三輪車を後ろに下げて舞台用《ぶたいよう》の材料をおろすように合図した。

おれは先に鳥たちを抱《だ》いて、アカギの木の下へ行った。でこぼことこんがらがっている木の根っこに、本を手にした学生がすわっている。見たところ、おれと同じぐらいの年だ。木に寄《よ》りかかって、じっとおれを見ている。しまいには本をひざの上に置いてしまって、よくよく見極めようとするみたいだった。

アカギの木の幹《みき》は太すぎて、鳥の足に結んだナイロンひもが半分しか回らない。おれは鳥たちをおろし、急いで石ころをさがしに行ったけど、おとなしくじっとしてるかどうか心配だった。三歩行っては二歩下がりしながら、石ころをさがし、何度もふりむいては鳥たちに目をやった。まるで、こまが回るように。ミンクンおじさんは、「アチュエン、さっさと鳥をつなぎもしねえで、なんか宝物《たからもの》でもさがしてるんか」というと、めんどうがりもせず、近寄《ちかよ》ってきた。

「木にまきつけとけばいいじゃねえか。それがだめなら、そのぼっちゃんにひもを持っといてもらいな。たいした時間じゃねえ。舞台《ぶたい》ができたら、わたしてもらうんだから。どっちにしろ、何もせずにすわってるみてえなもんだ。そうだろ」

少年は立ちあがると、驚《おどろ》いたことに「ミンクンおじさん」と声をかけてきた。元気のない声だ。手をあげて、ちょっとメガネの縁《ふち》をおしあげた。

「おれがこんなに名前が売れとるとはな。こんな山すその村にも、おれを知っとる人間がおるのか」

おじさんは、しげしげとその少年をながめた。

「あれ、ま！　チェン（陳）さんのお屋敷《やしき》の、お孫さんじゃねえですか。なんで、こんなとこに来てなさるんで。お宅《たく》じゃ、今日《きょう》は家の基礎《きそ》を掘《ほ》るんで、大忙《おおいそが》し。人手が足りねえってのに、なんとまあ、ひらりと三十里《り》もすっとんで、こんなところにかくれて涼《すず》んでるんですかい」

少年は、てれくさそうにいった。

「七月一日が試験なんです。家をとりこわしたでしょ。ここのおばさんとこで勉強するようにって、いわれて」

「そうなんですかい。学生さんってえのは、なんと幸せなこった。家じゅうがてんてこまいしてるってのに、なんとまあ、すわりこんで本読んで、涼《すず》しい風に吹《ふ》かれてるんだからな」と、ミンクンおじさん。

「ぼっちゃんとアチュエンは、同い年のはずだ。知ってなさるかい。何？　道一つへだてると、もう知らねえって。なんとまあ、いまどきの子は、おれっちの子どものころとは大ちげえだ。うそじゃねえよ。おれは十三のとき、宜蘭《イーラン》*市の人間の少なくとも半分は知ってたぜ。二十歳《はたち》んときにゃ、みんな知り合いで……」

また始まった。おれは急いで口をはさんだ。

「ミンクンおじさん。おじさんは宜蘭《イーラン》の市長選挙に出られるよ」

「アチュエン。おまえ、いい度胸《どきょう》だな。おじさんの気をそぐなんぞ。おまえらと、ほらを吹《ふ》いてるひまはねえ。ほい！　先に荷物おろしてからにしようぜ」

おじさんは、また、少年にきいた。

＊宜蘭《イーラン》市：台湾《タイワン》の北東部にある直轄《ちょっかつ》市。

「お屋敷《やしき》のぼっちゃん。おまえさんは木のそばで、鳥を引っぱってやすかい。それとも、手伝ってくれやすかい。それとも、なんにもしねえで、おとなしく本を読んでやすかい」

その学生風の少年はいった。

「ちょっと待ってて。おばさんちから、竹かごをとってくるから」

少年は本をアカギの木の下におくと、パタパタと走っていき、さげてきた竹かごを鳥たちにかぶせた。本は竹かごの上にのせておさえにした。

少年が手伝いたさそうなのを見て、おじさんはかえって不安になったらしく、こういった。

「よおく考えやしたかい。ちゃんと勉強しねえで、大学に落ちたら、おまえさんのじいさまに、あっしのせいだって、杖《つえ》ふりあげてなぐられたんじゃ、つまらねえ。おまえさんはやっぱり、木のそばにすわって勉強してなさいまし」

「関係ないよ。どっちにしたって、ぼくも勉強してられやしない。人形芝居《しばい》が始まったら、にぎやかになるんだから」

「おいおい、おまえさんが大学に入れなかったら、アチュエンややつのおやじまで係わり合いにして、じいさまに杖《つえ》でぶたせるのかい」

ミンクンおじさんは武将《ぶしょう》が舞台《ぶたい》に出るときのように、片足《かたあし》で立ち、刀を持った手をのばしたり縮《ちぢ》めたりしながらたずねた。

「お名前はなんといわれる〜〜。すご腕《うで》のお主《ぬし》は〜〜」

少年はおじさんのしぐさに、笑いながらいった。

「チェン・ハンペン（陳漢本）だよ」

そのとき、おやじがやってきて、口のはしで笑いながらきいた。

「ミンクン、どうしたんだ。舞台《ぶたい》もなく、ドラや太鼓《たいこ》がなくても、芝居《しばい》ができるんかい」

「チェンさまのお屋敷《やしき》のチンピィヤオ老が、ハンペンのじいさまなり〜〜。チンピィヤオ老のすごさを見よ。孫を先に木のそばへよこして監督《かんとく》とは〜〜。我《われ》に〜〜早う帰って土を運べとよ〜〜」

おじさんは歌いながら、ふりをいれ、芝居《しばい》っけたっぷりに、またいった。

「我《われ》は反対に、ハンペンを下役につこうて、我《われ》らの代わりに〜〜荷をおろし、舞台《ぶたい》を作らせるなり〜〜。ものども、よおく聞け！　大事を遅《おく》らせてはならぬぞ。我《われ》についてこよ〜〜」

おれは左腕《ひだりうで》がまだよくいうことをきかず、力がはいらないから、麻縄《あさなわ》や金具、おはらいの道具なんかの軽いやつしか運べなかった。ハンペンはもやしみたいだったけど、やつががんばってくれたおかげで、荷台いっぱいの柱や板や、二箱の人形もすぐにおろせた。

おじさんは運転席にもどり、牛の角をつかむようにして、ブッブーと三輪車を動かした。出発まぎわには、またふりむいていいつけた。

「舞台《ぶたい》は、さっさと組み立てろよ。時間をむだにするんじゃないぞ」

ところで、この道の曲がり方もかなり変わっている。まず、細い橋がひょうたんの口のように、道幅《みちはば》をせばめ、道は川にそって曲がっている。そのうえ、三人がかりでやっと囲《かこ》めるアカギの木に行く手をはばまれているから、体を斜《なな》めにしてもう一度回りこむしかない。人も車も、前後ろが見えないのだ。

「ぼく、ここへ来て十日にしかならないのに、自動車事故《じこ》を二回も見たんだ。一回は、橋の下にころげ落ちたし、一回はバイクとバイクがぶつかって、三人死んだんだ」と、お屋敷《やしき》のぼっちゃんはいった。

「村長のおじさんに、あなたがたに来てもらって、人形芝居《しばい》で邪気《じゃき》をはらうようにいったのは、ぼくなんだ」

「ほんとかい」

おやじが、えいっと一本の柱をかついだ。おれは手を貸《か》しながら、急いで麻縄《あさなわ》をわたし、空いた手で横木を持ち上げ、おやじがしっかりしばれるようにしてやった。見ていたハンペンもやってきて、下がっている横木の片方《かたほう》をかつぎあげた。

「きみも信じるのかい。おれたちの人形芝居《しばい》が邪気《じゃき》をはらい、災《わざわ》いをしずめるって」と、おれはきいた。

「それはわからないよ。けど、ぼくは人形芝居《しばい》が好きなんだ。きみたちに来てもらって、ここで芝居《しばい》をしたら、村じゅうの人がやってきて見物するだろ。もともと、みんなはこの道路を通るのを怖《こわ》がって、中洲《なかす》から川床《かわどこ》の道を大回りしてる——それで、アカギの木の下へはだれも涼《すず》みに来ないから、勉強するのにはもってこいなんだけどね——人形芝《しば》居《い》を見た後は、みんな、そんなにびくびくしないで、どうしてこの道でしょっちゅう事《じ》故《こ》が起きるのか、よくよく見て、なんかいい方法を考えるんじゃないかな」

おれは、おやじが怒《おこ》るかと思った。なのに、笑いながらいった。

「それは、おまえさんがた若《わか》えもんの現代的《げんだいてき》な考えだが、一理ありますな。ぼっちゃんのおじいさんは、昔、わしの先生じゃった。年はとっとりなさるが、考え方は新しかった。いまの話は、ぼっちゃんが思いつきなすったのかい。それとも、おじいさんの受け売りですかい」

「あ、そうだ。おじいさまが私塾《しじゅく》を開いてたってこと、ぼく、ずっと信じられなかったんだ」

「なんで、信じられねえんで？　さっきのミンクンとわしは最後の学生でさあ。お宅《たく》のお屋敷《やしき》の西側の部屋に、二晩《ばん》に一度通ってたんですよ。昼間は学校で*日本語を勉強し、夜は中国の古典を習っとったんです。おじいさんは、わしらに『*老師《ラオシ》』とは呼《よ》ばせなさらんかった。そう呼《よ》ばれたら、呼《よ》ばれるたんびに年とってしまうというてな。ハハハ。みんな、『チンピィヤオおじさん』と呼《よ》んどりました。わしがいま、新聞が読めるのはみんな、チンピィヤオおじさんのおかげです」と、おやじはいった。

「おじいさまは自分の考えを持ってて、とても頑固《がんこ》なんだ。ほんとに現代的《げんだいてき》な人は、おじいさまみたいに人にああしろ、こうしろって指図《さしず》したりしませんよ」

「そんなふうにおっしゃるもんじゃありませんよ」

おやじはまた、三本めの柱をかつぎあげた。おれとハンペンは横木を持ち上げ、おやじがしばりやすいようにした。

「この宜蘭《イーラン》じゃ、チンピィヤオさんは、いちばん開けたお方といっていいですよ」と、おやじはいった。

「でも、なんでも正しいわけじゃない」

「ぼっちゃん、どうなすったんで。おじいさんに、ひどく不満のようだが」

ハンペンは首をかしげたまま、もう何もいわず、金具をさがしてきて、おれたちにわたし、四本の柱を固定した。舞台《ぶたい》を組み立てる順序《じゅんじょ》を、ハンペンが一つもまちがえないので、おやじは驚《おどろ》いた。

「ぼっちゃんは、なんでそんなによくご存知《ぞんじ》なんですかい」

「ぼく、何度も見たことがあるんです」

「ほんとですかい」

「あなたがたが宜蘭《イーラン》のどこかで人形芝居《しばい》をするって聞いたら、ぜったい見に行くんです。去年なんか、こっそりと蘇澳《スウアオ》の白米《パイミー》橋まで行ったんだけど、もうちょっとで最終電車に乗《の》り遅《おく》れるところでした」

おやじはそれを聞いて元気づいたようで、笑いながらきいた。

「なんで気がつかんかったんですかな。お宅《たく》のお屋敷《やしき》の方はご存知《ぞんじ》なんですかい」

＊日本語を勉強：日本が台湾《タイワン》を占領《せんりょう》していた時代のこと。
＊老師《ラオシ》：中国語で先生のこと。

「だあれも。神も仏《ほとけ》も知りません」

ハンペンはいいながら、にやりとした。

「おれたちの人形芝居《しばい》、そんなにおもしろいかい。見てわかるのかい」おれはたずねた。

「ぼくは、『鍾馗《しょうき》のお化け退治《たいじ》』が好きなだけ。ほかのは、何いってるのかわからない。でもおもしろいんだ。ぼくが十歳《さい》のとき、家が火事になって、そのあと、中庭で人形芝《しば》居《い》をしてもらったんだ。アエン（阿炎）師匠《ししょう》、覚えておられますか」

「もちろん、覚えとります。なんで忘《わす》れるもんですかい。わしは何年も考えとるんですが、まだ納得《なっとく》がいかんのです。ぼっちゃんのおじいさんのような新しい考えのお方が、なんでわしらを呼《よ》ばれたのか。神様やら幽霊《ゆうれい》やら、まったく信じないお方が……。さっき、ぼっちゃんがおっしゃった、にぎやかに人形芝居《しばい》を見せて、みんなに気をつけさせると。それを聞いて、わしは思いました。チンピィヤオさんは、わしらの人形芝居《しばい》で災《わざわ》いをしずめ、邪気《じゃき》をはらおうとしなさったんじゃのうて、集まってにぎやかに楽しんで、みんなに気をつけるようにさせなさっただけなんじゃと」

いいながら、おやじのことばじりから、かすかな哀《かな》しみが立ち上った。チェン家のぼっちゃんは感じなかったようで、またいった。

「おとなは、『人形は人にとりつく』から、見ちゃいけないっていったけど、ぼくは横手の部屋にかくれて、戸のすきまから好きなだけ見てた。といっても、実際《じっさい》はよく見えなかったんだけど。ぼくのとこからは、舞台《ぶたい》の正面が半分、裏側《うらがわ》が半分しか見えなかった。それに、しょっちゅう、だれかが戸の前に立ったり、通っていったりして、よくは見えなかったんだ。でも、見たくて見たくて！　アエン師匠《ししょう》、あなたの指が手板の下の糸を引っかけたり、はじいたりして、ぼくと背丈《せたけ》の変わらない人形が動き出すのを見てたら、ほんとに本物の人間みたいでした」

「怖《こわ》くなかったですかい」

「妹は見ようとしなかったけど、ぼくは怖《こわ》くなかった」

そういいながら、またいっしょに横板をかつぎ、一枚《まい》一枚《まい》、舞台《ぶたい》の上にしいていった。

「きみたちが操《あやつ》る人形芝居《しばい》は、ほんとに生き生きしてる。指人形でやる人形劇《げき》だって、比《くら》べるとぎこちないよ。影絵芝居《かげえしばい》もだめ。*歌仔戯《クーザイシー》を演《えん》じるほんとの人間は、あまりになめらかに動きすぎる。ほんとだよ。きみたちの人形芝居《しばい》は芸術《げいじゅつ》になれるよ」

「何が芸術《げいじゅつ》だい。みんな、怖《こわ》がって見ようとするもんか。悪霊《あくりょう》にとりつかれるって。一年に何回かしか上演《じょうえん》できなくて、前途《ぜんと》もないのに、芸術《げいじゅつ》だなんて」

*歌仔戯《クーザイシー》：一九〇〇年ごろ宜蘭《イーラン》地区で生まれた伝統芸能《でんとうげいのう》。台湾《タイワン》オペラともいう。

「アチュエン。ぼっちゃんのいうとおりだ。おまえ、そんなふうに考えちゃいかん。先では、だれも人形芝居《しばい》で邪気《じゃき》をはろうたり、災《わざわ》いをしずめたりはせんかもしれん。だがな、純粋《じゅんすい》に上演《じょうえん》することができる。考えてもみろ。いっとき、指人形芝居《しばい》がはやったろう。糸あやつり人形じゃ、いかんか」

「だれが呼《よ》んでくれるのさ」

「いるさ。レパートリーをもう少し増《ふ》やして、舞台装置《ぶたいそうち》やテクニックをもっと研究すれば、希望があるよ。ぼく、いつも見るたびに泣きそうになるんだから……」ハンペンはいった。

「泣く？　どうしてそんな。わしらは、見ててつらくなるような芝居《しばい》はやっとらんが」

と、おやじ。

「そうじゃないんです……」

ハンペンはいいかけて、やめた。

おれはアカギの木の下にもどって、大道具を入れた木箱をかついだ。左腕《ひだりうで》はまだ痛《いた》い。ぎこちないおれのかっこうを見て、ハンペンが手伝いに来た。おやじが、ハンペンにいった。

「こんなに手伝ってもらって、すみませんな。いっそ、大学を受けるのやめて、わしらと人形芝居《しばい》をやっちゃどうです」

ハンペンがメガネをおしあげながら、まじまじとおれたちを見た。おやじはかえって、どぎまぎしてしまい、「じょうだんですよ。まともに受けないでくださいまし」といった。

おやじったら、まったくむじゃきなんだから。そんなこと、おれ以外にだれが本気にするもんか。本気にして、その後でだんだん暗くなって、毎日なげいてるんだけど。

チイチン村の人が次々と舞台《ぶたい》の下へやってきて、村長さんと何やらひそひそ話してから行ってしまった。しばらくすると、また何人かが丸テーブルを二つ運んできた。お供《そな》え物《もの》をさげてきたのはみんな男の人。女の人と子どもは、アカギの木の後ろからのぞいているだけで、近づこうとはしない。

ベストをきた男の子が手をのばして、ハンペンが竹かごの上に置いていた本をとりあげた。ハンペンも見ていたが、何もいわない。

その子は本を手に取ったあと、人形の入っている箱を開けようとした。おれはあせって、どなりつけた。

「さわるな！」

おれが追いかけるのを見て、子どもは本をかかえたまま逃《に》げだした。太いアカギの木にさえぎられているので、どっちへ逃《に》げていったのかわからない。木の下まで追っかけていったら、女の人たちもいなくなっていた。

おやじも後から追いかけてきた。ところが、ハンペンはゆっくりやってきて、どうでもいいように、ドスンと木のそばにすわりこんだ。

「本を持ってかれたぞ」おれはいった。

「一冊《さつ》なくなったら、勉強するのが一冊《さつ》へるさ」

「学生さんが、なんでそんなことをいいなさるんで。今年、大学を受けなさるそうだが、あと幾日《いくにち》あるんですかい。本がなくなっちゃあ、たいへんですよ」

おやじはいつもこうだ。当事者よりも気をもむんだから。自分のことはほっぽりだして、木の後ろっかわへ、さっきの子どもをさがしに行ってしまった。

でも、あたりを一回りして、何も持たずにもどってきた。

おれは木箱を開けて、鍾馗《しょうき》の人形をとりだし、からんでいた糸をほぐした。ハンペンは竹かごをのけて、鳥たちを外へ出し、足に結んであるナイロンのひもまでほどこうとした。おやじがふりむいて、いった。

「おい。おまえさんときたら、心配にならねえのかい。ひもはほどいちゃいけないよ。逃《に》げてったら、つかまえられやしねえ」

お屋敷《やしき》のぼっちゃんが、ふいに両手で顔をおおって泣きだした。

この突然《とつぜん》の泣き声に、おれとおやじはたまげてしまった。さっきまで笑ったりしゃべったりしていたのに、ふいにこうなるなんて。おやじがしかったのだって、そんなにひどい言い方でもなかったじゃないか。

ハンペンは十何回か、ワアワア声をあげて泣いたあと、両手でごしごしと顔をこすり、顔をあげて、きまり悪そうにおれたちに笑いかけた。おれが持っていた鍾馗《しょうき》の人形を受け取ると、両手を高くあげ、手板を握《にぎ》って糸を引っかけたり、はじいたり、めちゃくちゃに動かしはじめた。

「ぼっちゃん、どうなすったんです」

おやじは腰《こし》をかがめ、首をかしげながらきいた。

「わしがぼっちゃんをしかったのも、悪気があったんじゃねえんですよ……」

ハンペンはかぶりをふり、しばらくして、やっと口を開いた。

「ぼくは自分のことを思ったんです。この操《あやつ》り人形みたいだって。人が動かしてはじめて、ぼくは動ける。人が手を放すと、ダランと横になってしまう」

「舞台《ぶたい》作りを手伝ったのは、ぼっちゃんが自発的になさったんですよ。わしらは指図《さしず》もしてなけりゃ、無理じいしたんでもありませんよ。いったい何を考えてなさるんで」

おやじがあわてて弁解《べんかい》した。

「そのことじゃないんです」ハンペンはいった。

「ぼくのことはなんでも、だれかが段取《だんど》りをつけてくれるんです。将来《しょうらい》の道だって、ぼくのかわりに考えてくれる。まるで、この人形みたいに、引っぱる、動く、引っぱる、動く……。おじいさまは人形遣《つか》い、すごい腕前《うでまえ》の一流の人形遣《つか》いなんだ。ぼくに大学を受けろというと、ぼくは受験するんだから」

おやじとおれは、だまりこんだ。おやじは道のとこまで行って、遠くをながめ、「ミンクンはまだもどってこんな」というと、揉《も》み手《で》をしながら、腰《こし》をおろした。

涼《すず》しい風がそよそよと吹《ふ》いてきて頭上のアカギの葉がサラサラと鳴った。おれも人形を一つとって、ゆっくりと動かした。

六つのとき、おやじがおれを木の腰《こし》かけの上に立たせて、人形を操《あやつ》らせたのを思い出した。人形は、引きずり落とされそうなほど重くて、何度も腰《こし》かけからころげ落ちそうになった。おやじは後ろから、おれをつかんだまま、ひっきりなしにこういった。

「がんばれ。しっかり立つんだ。ころげ落ちたりするもんか。怖《こわ》がるんじゃない。父ちゃんのするとおりに、ほら、こうだ。こんなふうに……」

六つの子の手のひらの大きさなんて、どれほどのものだろう。竹の手板を握《にぎ》ったら、もう動かせやしない。両腕《りょううで》はだるくてあげられず、すぐに泣き出した。おやじはぐいっと、両手でおれの腰《こし》をはさむ形で手板を持ち、おれに糸を引いたりはじいたりさせた。

おれも、あの人形と同じだったんだろうか。操《あやつ》っている人が父親だったというだけで。

そのころは、じいちゃんもまだ生きてて、舞台《ぶたい》があるときはいつも、祖父母《そふぼ》と両親とおれの五人で出かけた。じいちゃんとおやじは舞台《ぶたい》で人形をつかい、ばあちゃんとおふくろは舞台裏《ぶたいうら》をかたづけた——おりてきた人形をしまい、次の出番の人形をとりだして竹ざおにかけておく。そのころはまだ、呼《よ》べば来てくれる楽師《がくし》たちがいた。おれは、にぎやかなドラや太鼓《たいこ》の間にすわり、いっしょになって、持ってきた茶わんや皿をはしでたたき、ばあちゃんやおふくろを笑わせた。

おれは、こう思っていたことがある。大きくなったら、舞台裏《ぶたいうら》でドラや太鼓《たいこ》をたたくんだ。楽師《がくし》たちなんかいらない。ひとりでみんなやってやるって。でも、じいちゃんとおやじは、おれが茶わんや皿をたたいているのを見ると、いつもきげんが悪かった。ふたりは、おれに両手をまっすぐのばして重たい人形を持たせ、腕《うで》の力をきたえさせた。そのころ涙《なみだ》を流したことがあったかどうか、よく覚えていない。

覚えているのは、おふくろが見ていられなくて、よくおれを休ませてくれたこと。初めは何度も休んでたけど、毎日の練習の中で人形芝居《しばい》のすばらしさもいくらかわかってきて、おやじにいわれなくても、舞台裏《ぶたいうら》で人形を遣《つか》うのに夢中《むちゅう》になった。おふくろもやめさせられないとわかると、いった。

「そんなにやりたいんなら、どうして舞台《ぶたい》に出て、おじいちゃんを休ませてやらないんだい」

小学校を卒業《そつぎょう》した年の夏休み、おれは本当に舞台《ぶたい》に立った。

その年、祖父母《そふぼ》があいついで亡《な》くなった。楽師《がくし》たちも散り散りになり、音楽は録音したものに代わった。おれは指先が器用で、人形を操《あやつ》ると、その手や足の動きが、おやじがやるよりも三割《さんわり》がた細かいって、おやじは一度ならずいった。

おれは自分で考え出したやり方で、人形を動かしてみせた。おやじはいつもうれしそうにほめて、すぐにおふくろを呼《よ》んで見物させた。人形芝居《しばい》はやる人も少なく、発展《はってん》もしなかったので、おれが切り開く空間や研究の余地《よち》も残っていたし、舞台《ぶたい》に立つ機会も多く、ほんとにとても楽しかった。おれは心から人形芝居《しばい》が好きだ。これは、おやじが糸を操《あやつ》ってるっていえるんだろうか。おれは人形だろうか。そうなんだろうか。

「おれは人形じゃない。自分がやりたかったんだ」

ふいに、ことばが口からとびだした。

おやじとハンペンがふりむいて、ぽかんとしておれを見ている。

「アチュエン。だれも、おまえのことなどいうとらんぞ。おまえ、だれにものいうとるんだ」

おやじは首をかしげて、おれを見た。

「アチュエン。なんのことだ。おまえたちふたり、ひとりがこういや、ひとりがああいう。まさか、さわっちゃならねえものに、さわったんじゃあるめえな」

「おやじ。おれ、自分が人形芝居《しばい》をやりたいんだ！」

もう一度そういい、いい終わったとき、心の中に不安がわいてきた。まるで、塀《へい》を乗りこえようとして、塀《へい》の上に腹《はら》ばいになったまま、前を見、後ろを見して、とびこえようかもどろうか決められないときのように。そんな中途半端《ちゅうとはんぱ》な状態《じょうたい》で、いっとき何をどういったらいいのかわからなくなった。

手板を握《にぎ》って、糸を引っかけたりはじいたりしたら、人形が手足を動かして、おじぎをした。あごを動かす糸を引っぱったら、人形の口が開いたり閉《と》じたり、声もなくしゃべりはじめた。

ハンペンがまた、ことばをついだ。

「ぼくは勉強がきらいではないんです。小さいときから、よくできたし。でも、それはぼく自身の意志じゃなくて、人がぼくをそうさせてるって思えてしかたがないんです。小さいときから、そうだった！」

ハンペンはぼくのほうを向いて、メガネをはずすと、シャツでふきながら続けた。

「きみは、ぼくより運がいいよ。だれも、きみに無理やり何かさせたりしない、そうだろ。きみは、こんなに早くから志《こころざし》を立てて、上手《じょうず》に人形芝居《しばい》ができるんだもの。将来《しょうらい》はきっと発展《はってん》するし、成果をあげられるよ。それに、楽しいだろ。きみは、ぼくよりもずっと幸せだよ」

目のはしで、おやじがおれを見ているのに気づいた。

「人形になった気持ちなんか、きみにはわからない……」

ハンペンはいった。

「わかるさ。だけど、自分自身の人形遣《つか》いにもなれるぜ」

鳥たちにかぶせていた竹かごがふいに動いて、中でオンドリとアヒルがコッコー、ガーガーと鳴いた。だれかが、ナイロンのひもを引っぱっている。ふりむいてみたら、本を取っていったあの子がまた来ていた。アカギの木の後ろにかくれて、ナイロンのひもを引いている。おそるおそる、笑いをこらえながら。おれが気づいたのを見ると、くるりと背《せ》を向けて走り去った。手にはまだ、ハンペンの本を持っている。遠くまでかけていって、腰《こし》を浮《う》かせたまま、片手《かたて》で本をふりあげ、もう一方の手でサンダルをふりあげてどなった。

「ここだ、ここだ。ほしいんなら、取りにこいよー」

ふざけて、はしゃいでいる。腹《はら》を立てて追っかけたらいいのか、それとも無視《むし》したほうがいいのか……。

「アチュエン」

おやじは、でこぼこした木に片手《かたて》をあてて、おれを呼《よ》んだ。そして、しばらく考えたあと、長いため息をついてからいった。

「ここ何年か、おまえは父ちゃんについてきて、つらいめにおうとる。それは、ようわかっとる。こんまいころ、無理やりおまえに人形の遣《つか》い方《かた》を覚えさせた。おまえのじいちゃんが父ちゃんにしたようにな。父ちゃんは、昔、じいちゃんをうらんだ。父ちゃんが進みたい道に進ませてくれんかったとな。だが、あとになって、父ちゃんはこのことをしょっちゅう考えた。人形のほかに、どんな道に進んだらいいのか、自分がわかっとったかどうか。自信があったか、心に決めていたかどうかわかってな。人形芝居《しばい》っちゅうこの道は、おまえのじいちゃんに決められたもんだ。だが、父ちゃんも心から好きじゃった。それを、そげなふうに退《しりぞ》けてしもうて、まるっきり人に操《あやつ》られたというんじゃろうか。糸に操《あやつ》られとる人形といっしょじゃと」

おやじは、また続けた。

「腹《はら》を割《わ》って話すのもよかろう。人形芝居《しばい》の前途《ぜんと》は、一日一日くろうなる。それは、父ちゃんも知っとる。おまえが心の底にくやしい思いを持っとるから、突然《とつぜん》にいいだしたんだ。それも、父ちゃんにはわかっとる……」

「おやじ、人形芝居《しばい》に未来がないなんてことはないよ。おれなんだ、おれが、身が入ってないんだ」

初めてこんなに胸《むね》を切り開いて、自分の気持ちをはっきりと見つめた。引《ひ》き裂《さ》かれるような苦しさだ！　おれはつばをのみこんで、いった。

「自分が人形芝居《しばい》を好きなのはわかってるんだ。だけど、それを認《みと》めようとしてないんだ。それに、自分がどの道を行けばいいのかもわからない」

おやじが、おれとハンペンの肩《かた》に手を置いた。

本を取っていった子どもが仲間を引きつれて、またやってきた。アカギの木のそばを回り、舞台《ぶたい》のところまでかけていくと、声をそろえて叫《さけ》んだ。

「ほしいんだったら、取りにこーい！　ほしいんだったら、取りにこーい！」

大騒《おおさわ》ぎで、おれたちをからかっている。おやじがいった。

「アチュエン。おまえは頭がいい。手も器用だ。台湾《タイワン》で、おまえより生き生きした人形を遣《つか》えるやつを、わしは見たことがねえ。だがな、この道をおまえ自身よおく見るんだ。昔は、父ちゃんが無理やりおまえに習わせ、つらいめにあわせたとしよう。けどな、父ちゃんもいつまでも、おまえに無理やり何かをさせることたあできん。先に立つもんがその経験《けいけん》で導《みちび》いてくれたというんじゃのうて、自分が糸に操《あやつ》られる人形だなんぞというとはな。まわりの状況《じょうきょう》で、やむをえずせねばならんこともある。だが、どれもこれもいっときのことだ。父ちゃんは口下手《くちべた》じゃ、こねえなこと、うまいこといえん」

おれたちが動かないのを見ると、子どもたちは舞台《ぶたい》にはいあがって、また叫《さけ》んだ。

「ほしいんなら、取りにこーーい」

村長さんが走っていって追っぱらったが、子どもたちはものともせず、舞台《ぶたい》の上を走り回ってかくれた。おやじがまた、ハンペンにいった。

「ぼっちゃんは、ご自分が何をしたいか、わかってなさるかい。よおく考えなさいましたか。まわりの強制《きょうせい》はいっときのこと。自分の考えがおありなら、だあれも、人形みてえにぼっちゃんを操《あやつ》るこたあできませんよ」

おやじは立ちあがりながらいった。

「わしの心ん中も、つじつまが合ってねえんですがね」

舞台《ぶたい》の上の子どもたちが、歌うように叫《さけ》んでいる。

「ほしいんなら、取りにこーーい！　ほしいんならーー自分でこいよーー。度胸《どきょう》がねえんだろーー」

拍子《ひょうし》をつけて、くりかえしている。おれがいきなり立ちあがったら、みんなぴたりと口を閉《と》ざした。

おれの耳には、まだ子どもたちの声が残っていて、ある国劇《こくげき》の女優《じょゆう》の、録音テープのコマーシャルを思い出した。彼女《かのじょ》もこういっていた。

「私《わたし》は、伝統劇《でんとうげき》が末路への道しかないなんて信じません。ますますたれていくなんて信じません。現代《げんだい》にマッチするように伝統劇《でんとうげき》の形式や内容《ないよう》を変えられないなんて信じません。私《わたし》はずいぶん考えました。どのように改良したらいいのか、どのような姿《すがた》に生まれ変わらせたらいいのか。私《わたし》がほしいのは、どんなものなのか。ついに、私《わたし》はその第一歩を思いついたのです。私《わたし》は立ちあがらなければ。全身全霊《ぜんしんぜんれい》をかけてやらなければ。ほしいのなら、自分が動かなければ。待っていてはだめ」

そのコマーシャルは彼女《かのじょ》の国劇《こくげき》の歌に、現代《げんだい》感覚あふれる映像《えいぞう》が配されていた。それがまた目の前で演《えん》じられているように、おれたちの空っぽの舞台《ぶたい》の上で揺《ゆ》れ動《うご》いていた。なんとも奇妙《きみょう》で、ふつりあい。ひとしきり揺《ゆ》れ動《うご》き、そして止まった。だれが舞台《ぶたい》に上がるべきなんだろう。どんな芝居《しばい》に変えたらいいんだろう。おれは考えた。

あの子どもたちが、またわめきはじめた。

「ほしいんなら、取りにこーーい」

おれは、ハンペンにいった。

「おまえ、ほしくないのか」

ハンペンはメガネをかけると、からまりあって、でこぼこと浮《う》き出《で》ている根っこから立ちあがり、じっと舞台《ぶたい》をながめた。

おれは、またきいた。

「あの本、ほんとにいらないのか」

ハンペンは鍾馗《しょうき》を高くさしあげ、ぎこちなく動かすと、木箱の中にもどし、また、じっと舞台《ぶたい》の上の子どもたちをながめた。

「いるのか？　ほしいんなら、取りに行こう！」

「よし！」

おれとハンペンはかけだした。おやじも追ってきた。

本を持った子が真っ先に舞台《ぶたい》から飛びおり、ほかの子どもたちもあわてて飛びおりて逃《に》げだした。おれとハンペンが左右から挟《はさ》み撃《う》ちにしたら、子どもたちはびっくりして、サンダルを投げ捨て、頭のないハエのようにあちこちぶつかりながら、かけ去った。

ミンクンおじさんの三輪車がブッブーと走ってきて、あやうく本を持った子にぶつかりそうになって、急停車《きゅうていしゃ》した。ミンクンおじさんはぷりぷりして、運転席で腕組《うでぐ》みをしていった。

「こりゃあ、なんちゅうこっちゃ。芝居《しばい》もせんと、こんなところで鬼《おに》ごっこしとるんか」

本を盗《ぬす》んだ子は、あっというまに見えなくなった。

おれたち三人はハアハアいうまで走って、顔を真《ま》っ赤《か》にしていた。

「何やっとるんだ。まだ立って見とるんか」

ミンクンおじさんは車からとびおりると、仁王立《におうだ》ちになってどなった。

「何時だかわかっとるのか。おれは車を走らせながら、おまえたちが木の下で、いらいらと足踏《あしぶ》みしとると思うとった。それがなんだ、子どもたちと鬼《おに》ごっこしとるたあ。チイチン村の衆《しゅう》の笑い者になりたいんか。車に揺《ゆ》られてきて、人形がこわれとるかもしらん。はよう見んかい。人形のかしらがこわれとらんか――」

ハンペンはまた、木箱をかつぎにきてくれた。おれはたずねた。

「先にあのガキをとっつかまえなくていいのか」

ハンペンは笑っていった。

「ふりむくなよ。いま、あいつがアカギの木に登ってかくれたんだ。あとで、ぼく、木の下に行ってすわってるよ。きみの『鍾馗《しょうき》のお化け退治《たいじ》』を見てから、やつをつかまえてやるさ」

ミンクンおじさんが木箱をかつぎあげて、きいた。

「おまえたち、何しゃべくってるんだ。芝居《しばい》をするもんがちゃんと演《えん》じねえで、学生がちゃんと勉強しねえで、うまくいくと思うか」

おじさんは口のはしで笑いながら、すたすたと舞台《ぶたい》のほうへ歩いていった。

おやじの顔のかげりはすっかりなくなり、忙《いそが》しく舞台《ぶたい》の上で用意をしている。おれは、なんにもなかったようにアカギの木の下へ行って、竹かごをあけた。オンドリとアヒルを抱《だ》きあげ、舞台裏《ぶたいうら》に放すと、横木に両手をあてがって舞台《ぶたい》にとびあがった。左腕《ひだりうで》の筋《すじ》はなおったようだ。もう痛《いた》くなかった。

「時間だ」と、おやじがいった。

おれは両手をきれいに洗《あら》い、鍾馗《しょうき》の人形をさげて表舞台《おもてぶたい》のはしへいって、かまえた。

そのとき、録音されたドラや太鼓《たいこ》が鳴りだし、舞台《ぶたい》全体に響《ひび》きわたった。人間までも浮《う》き上《あ》がりそうな音だった。

ミンクンおじさんは、おれに向かって拍手《はくしゅ》をすると、三輪車のエンジンを入れた。牛の角をつかむようにハンドルを握《にぎ》って、ぶるぶるふるわせ、先に帰っていこうとしている。おじさんは大きな声でいった。

「心配するな。時間を見て迎《むか》えに来るから。七十二の人形がそろうたんだ、しっかりやれよ！」

ミンクンおじさんは三輪車をブブーッとバックさせ、曲がり角まで行くと、また、アカギの木の下に向かって叫《さけ》んだ。

「お屋敷《やしき》のぼっちゃんよーー。じいさまに何かいっとくこたあねえかーい」

ハンペンは両手をラッパのようにして答えた。

「だいじょうぶだよー、ぼく、勉強するから――って。心配しないで、元気だから――って」

ドラや太鼓《たいこ》の音がますます高らかに鳴《な》り響《ひび》く。おれは、人形をさげてある手板の下の糸を試してみた。おお、いいぞ！　よし、今日《きょう》は思うぞんぶん、『鍾馗《しょうき》のお化け退治《たいじ》』を演《えん》じてやるぞ。

★作家紹介

李《リー》潼《トン》

台湾《タイワン》児童文学の代表作家

李潼《リートン》は一九五三年に台湾《タイワン》の花蓮《ホアリエン》で生まれました。李潼というのはペンネームで、児童の「童」と同じ読みの「潼」にお母さんの姓《せい》の「李」をつけたものです。台湾語で読むと「児童」と同じ発音になります。一九七二年より本作の舞台《ぶたい》となっている宜蘭《イーラン》に移り、二〇〇四年に亡くなるまで住んでいました。台湾の北東側の海岸沿いにある宜蘭は歌仔戯《クーザイシー》と呼ばれる台湾オペラの発祥《はっしょう》の場所でもあり、伝統文化も色濃《いろこ》く残ります。本作からは、こうした宜蘭の風土や伝統文化も感じることが出来るでしょう。

李潼は大学を卒業後、雑誌の編集者や教師等をしていました。子どものための作品を書くようになったのは、一九八〇年代になってからのことです。本作「大厝來的少年家」は、一九八六年に教育部(日本での文部科学省にあたる)主催《しゅさい》の文芸創作賞に応募したもので、短編小説部門で二等に入選しました。原題にある大厝とは、石畳《いしだたみ》の路地へとつづく、木材とレンガを使って作られた台湾の伝統的な古い邸宅《ていたく》のことです。

李潼は一九八九年夏に一念発起し、学校の先生を辞めてプロの児童文学作家となりました。当時、台湾でプロの児童文学作家として暮らしている人はほとんどいなかったので、まわりからも反対されたそうです。プロの作家となった後は、以前にも増して精力的に執筆《しっぴつ》にはげむようになり、たくさんの作品を出版しました。中でも高い評価を受けたのが『少年噶瑪蘭（カバランの少年）』です。これは現代の台湾の少年が時を越《こ》えて自らのルーツを探るという内容で、台湾初の本格的なファンタジーでした。冒険《ぼうけん》ファンタジーとして読んでも面白いのですが、台湾の原住民文化が下敷《したじ》きになっていて、読んでいるうちに、いつのまにか台湾の忘れられた歴史を探訪できるという点にも魅力《みりょく》があります。これは一九九八年には中由美子訳で『カバランの少年』というタイトルで日本でも出版されました。一九九九年には台湾でアニメ映画にもなりました。

李潼は病を得て、二〇〇四年に五二歳の若さで亡くなりました。けれど彼《かれ》が執筆した作品は、今も台湾で出版されていて、台湾の小学校国語教科書にもたくさんの作品が載《の》っています。

（成實朋子）

高学年向

龍《りゅう》の風

任《レン》 大霖《ターリン》 作
片桐 園 訳

（『虹の図書室』第３号、１９９５年）

1

きみ、龍《りゅう》を見たことがあるかい。もちろん、絵にかいた龍《りゅう》だの、壁《かべ》に彫《ほ》った龍《りゅう》だの、布《ぬの》で作った龍《りゅう》なんてものじゃない。生きている龍《りゅう》。雲を突《つ》き天を駆《か》け、人びとに幸せや災《わざわ》いをもたらすという本物の龍《りゅう》のことだ。きみは、「そんなもの見たことない」というだろうな。ところがぼくは、見たことがあるんだよ。

そう、あれは一九五八年。ぼくが十三の年の夏休みだった。ぼくらのチウシャン（裘山）村から三〇〇キロほどはなれたところに、伝説の帝王《ていおう》、禹王《うおう》をまつった廟《びょう》があるが、その宝塔《ほうとう》のてっぺんが台風で吹《ふ》きとばされ、廟《びょう》の裏庭《うらにわ》にあった二抱《ふたかか》えも三抱《みかか》えもあろうかという檜《ひのき》の大木が二本、根こそぎにされたことがある。翌日《よくじつ》、近くの村から物見高い見物人がどっとおしよせた。ぼくも大叔父《おおおじ》のアケン（阿根）じいさんにくっついて見にいった。

それはそれは、なんともすさまじい光景だった。塔《とう》の屋根はめちゃくちゃにこわされ、檜《ひのき》の古木がひっこぬかれていた。あれは一生忘《わす》れられない。大蛇《だいじゃ》のような根っこが引きちぎられたり、地面にのたうったりしていて、くねくねした根のあいだには大岩がいくつもはさまっていた。裏山《うらやま》のがけがごっそりくずれ落ちて、そのあおりでまわりの土塀《どべい》まで押《お》し倒《たお》されていた。

帰るとちゅう、アケンじいさんはため息まじりにぼくにいった。

「あの檜《ひのき》の大木を根こそぎにするとはまあ、何万馬力《ばりき》だべ。こんなことできるのは龍《りゅう》だけだ。龍《りゅう》はこの世でいちばん強い生きものだでな。虎《とら》は百獣《ひゃくじゅう》の王というけれど、龍《りゅう》は虎《とら》の千倍も強いだ」

アケンじいさんの話を聞いて、ぼくはくすくす笑ってしまった。龍《りゅう》なんかいるもんか。恐竜《きょうりゅう》ならほんとうにいたけど、それだって何千万年も前に絶滅《ぜつめつ》している。孫悟空《そんごくう》が東海の龍王《りゅうおう》から武器《ぶき》を借りる話は伝説だ。そんなこと小学校の四年のときからわかっていた。

でもぼくはだまっていた。がんこなアケンじいさんを説得できそうになかったからというより、アケンじいさんがとてもいい人で、とりわけぼくにはやさしかったから、傷《きず》つけたくなかったのだ。

チウシャン村の人たちはたいがい、アケンじいさんのことを「へんくつじいさん」とよんでいた。「へんくつ」には「神経《しんけい》がいかれている」とか、「人づきあいが悪い」とか、「かわりもの」というような意味がこめられていた。でも、アケンじいさんの神経《しんけい》はいかれてなんかいなかった。「へんくつ」なんてあだ名はぬれぎぬもいいとこだった。

「山守《やまも》り」という仕事は、心身ともにたいへんな仕事だ。身体が疲《つか》れるだけでなく、年中ひとりきりで山にこもり、熊《くま》とかわらないような暮《く》らしのうえ、いつも危険《きけん》と背中合《せなかあ》わせで、いつなんどき命を落とさないともかぎらない。なかなか引き受け手がないほどたいへんな山守《やまも》りの仕事を、アケンじいさんはもう何年も文句《もんく》ひとついわずにやってのけていた。それなのにみんなは「へんくつ」などというのだった。

「アケンじいちゃんは龍《りゅう》を見たことあるのかよ」

ぼくはおそるおそる聞いてみた。

「何いうだ。見もしねえでいったりするか」

アケンじいさんはむっとしたようだった。

「龍《りゅう》ぐらい、何度でも見たことあるだ。ゆんべの真夜中、おらあ、でっけえ白龍《はくりゅう》が一匹《ぴき》、北東の方向に飛んでくのを見ただ。こりゃあどえれえことになりそうだと思ってたら、案の定だ。禹王廟《うおうびょう》の塔《とう》を尻尾《しっぽ》でばしりとこわしたうえ、檜《ひのき》までひっこぬいちまってよ。

だがな、これは龍《りゅう》が悪いんじゃねえ。龍《りゅう》は空を飛んでいると下界のことがよく見えねえだ。だからちゃんと合図を送らねばなんねえだよ」

「どうやって合図するんだ。ドラを鳴らすの？　それともチャルメラを吹《ふ》くの？」

討論《とうろん》に勝つためには、まず相手の言い分を聞くべし、それからすきを見つけてつっこむべし、と何かの本に書いてあったのを思い出して、ぼくはわざと聞いてみた。

「そんなもの役にたたねえ。龍《りゅう》は耳が聞こえねえ。だから、かまどで火を燃《も》やすしかねえだ。龍《りゅう》が煙《けむり》を見つけて、おっ、下に人がいるな、屋根なんかこわしちゃいけねえ、と思って尻尾《しっぽ》をちぢめるから、村も林も宝塔《ほうとう》も無事にすむだ。どうだ。龍《りゅう》はけっして悪いやつじゃねえだろ。人に悪さなんざしたがらねえだよ」

やれやれ、相手のいうことを聞いてつっこむすきを見つけるどころか、ぎゃくにぼくのほうが、「じいちゃん、こんど龍《りゅう》が飛んできたら、ぜったいおれをたたき起こしてくれよ。おれも龍《りゅう》を見たいよ」と頼《たの》むはめになってしまった。

その年の夏休みを、ぼくはアケンじいさんといっしょに山の上の石造《いしづく》りの小屋ですごしていた。

2

台風から三日後の真夜中。

ぐっすり眠《ねむ》っているところを、ぼくはアケンじいさんにたたき起こされた。ごしごし目をこすって、ようやく夢《ゆめ》からさめたら、じいさんがぼくをよんでいた。「シャオシン（小星）や、ほれ、はやく起きるだ」

ぼくは板の寝床《ねどこ》からはね起きて、あわてて山脚絆《やまきゃはん》をすねにまきつけながら聞いた。

「龍《りゅう》が見えるの？」

「だまっておらについてこい」

じいさんはそういうと、戸を開けて外に出た。ぼくもすぐじいさんのあとを追って外に出た。

奇妙《きみょう》なことにじいさんは、頂上《ちょうじょう》のほうでなく、うっそうとしげる中腹《ちゅうふく》の樹林帯《じゅりんたい》をめざすようだった。山の中腹《ちゅうふく》から空を飛ぶ龍《りゅう》が見えるんだろうか、という疑問《ぎもん》はわいたものの、ぼくはけわしい山道を用心しいしい、じいさんについていくのがせいいっぱいで、そんな質問《しつもん》をするどころではなかった。

草木も眠《ねむ》るうしみつどき。

風がばったり止んで、松風《まつかぜ》ひとつ聞こえない。山のなかは名も知らぬ虫がジージー鳴くばかり。むし暑い。遠雷《えんらい》がかすかに聞こえてくる。夏の夜、とくに山ではほとんど夜《よ》毎雷《ごとかみなり》が鳴る。ぼくは歩きながら何度も天をあおいだ。まわりを山にかこまれた狭《せま》い空には、夜目にも白い雲がぽかりぽかりとうかんでいるだけで、龍《りゅう》なんか影《かげ》もかたちもない。アケンじいさんはいったいどこへぼくを連れていこうというんだろう。

行く手にサラサラと水の音が聞こえだした。そろそろ小さい滝《たき》のあたりだ。突然《とつぜん》、アケンじいさんが足を止めて、ぼくをつかまえて小声でいった。

「おい、あれは何の音だと思う」

前方はゆるやかな斜面《しゃめん》で、黒松《くろまつ》がおいしげっている。

そのあたりから、サッサッサッと鋸《のこぎり》の音が聞こえてくる。鋸《のこぎり》の音にまじって、押《お》し殺《ころ》したような人の声も聞こえてくる。夜のとばりのなかにいくつか、人影《ひとかげ》がうごめいている。

わかった！　木を盗《ぬす》みにきたやつらだ。

このときになってはじめてぼくは、アケンじいさんが完全武装《かんぜんぶそう》しているのに気づいた。

腰《こし》にはにぶく光る鉈《なた》。手には三十センチもある大型の懐中電灯《かいちゅうでんとう》。なんと、鉄砲《てっぽう》まで背《せ》負《お》っている。こんなもの、はじめて見た。さっきぼくが寝《ね》ているあいだにアケンじいさんは山を見回って、やつらを発見して武器《ぶき》をとりにもどったにちがいない。これはえらいことになった。

アケンじいさんは、針金《はりがね》みたいなひげをぼくの耳に押《お》しつけるようにしてささやいた。

「おい、シャオシン。おまえはここにいろ。おら、やつらと話をつけてくる。もしもおらがやられちまうようなときは、いそいで山をおりて、おまえの親父《おやじ》にいって、*民兵《みんぺい》をよこしてもらうだ。わかっただか」

「わかった」

ぼくはしっかりうなずいた。

アケンじいさんは二、三歩先の岩にのぼって、いきなり懐中電灯《かいちゅうでんとう》をかざした。光の輪のなかに三人の男の顔がうかんだ。男たちは太い松《まつ》の木をとりかこんで鋸《のこぎり》をあてていたが、突然《とつぜん》光をあびせられてびっくりぎょうてん、あわてて松《まつ》のうしろに逃《に》げこんだ。

とっさにやつらの顔を見さだめたアケンじいさんは、どすの利いた声でいった。

「かくれてもむだだ。おまえはマーチア（馬家）の窪《くぼ》のあばたのアスイ（阿水）だろう。

なんだっておらたちの山で木を切ってるだ」

あばたというのは、顔に残った天然痘《てんねんとう》のあとのことだ。

見つかったやつが木の陰《かげ》から出てきて、ふてぶてしく腰《こし》をのばしながら返事した。

「うへっ、アケンおじさん。年は取っても目はいいな。そのとおり、おれはアスイだよ。お年寄《としよ》りをおどかしちまって申《もう》し訳《わけ》なかったな」

「チウシャンまできて材木どろぼうか。現場《げんば》をおさえられても、どうせ目こぼししてもらえるとでも思っただか。とっとと消え失せろ」

「あ、アケンおじさん。かんちがいしないでくれ。おれたちゃどろぼうじゃねえんだぜ。仕事だよ。上級機関からの命令でやってんだよ。マーチア村で共同炊事場《きょうどうすいじば》を建てることになって、柱の材木が足りねえから、チウシャン村から松《まつ》の木を何本か拝借《はいしゃく》することになったんだ。ほらここに村役場の出した許可証《きょかしょう》がある。ちゃんと県の許可印《きょかいん》もあるし」

アスイはふところから紙きれを出してひらひらさせた。

「へっ、そんなもの、しまっておくがいいだ。材木どろぼうはな、みーんなニセ証明書《しょうめいしょ》の一枚《まい》や二枚《まい》は用意してくるだ。村で使うもんだったら、なんでおらのほうに連絡《れんらく》がねえだ。んー？」

＊民兵《みんぺい》：ふだんは一般人《いっぱんじん》としてくらしている兵士《へいし》。ときどき訓練もうけている。

「信じようと信じまいとあんたの勝手だがな。山守《やまも》りのおまえさんは年がら年じゅう山のなかにいて世間のことなんかなーんも知らねえだろうけどよ。今はなあ、*大躍進《だいやくしん》といってなあ、もうすぐ共産になるんだよ。食料も、家畜《かちく》も、みーんな共産さあ。山の木だってな、おれのものも、おまえのものも、なくなっちまうのさあ。あんた、何をきりきりしてんだ。んー？」

「へっ、共産だかなんだか、おりゃ知らねえがな、このチウ・アケン（裘阿根）じじいがチウシャン（裘山）にいるかぎり、松葉《まつば》一本おまえに持っていかせるわけにはいかねえだ」

「ふん。仕事をつづけようぜ。こんな時代遅《じだいおく》れのへんくつじじいなんかにかまっちゃいられねえや」

アスイが仲間に手をふり、三人はまた松《まつ》の木にとりついて、サッサッサッと鋸《のこぎり》でひきはじめた。太い黒松《くろまつ》の幹《みき》がかたむきだした。今にもやつらに切《き》り倒《たお》されそうだった。

「やめろ！　やめるんだ！　とっとと出ていけ！」

いかりくるったアケンじいさんは、とつぜん、鉄砲《てっぽう》の筒先《つつさき》をアスイたちにむけた。

三人の盗伐者《とうばつしゃ》たちは肝《きも》をつぶして地べたに身を伏《ふ》せた。

そのまましばらく、何も起らなかった。

アスイは、「わかったぞ」という顔をして立ち上がると、アケンじいさんのほうを見て、からから笑いだした。

「おい、こわがることあないぞ。へんくつじじいには鉄砲《てっぽう》は支給《しきゅう》してねえと、いつだったか聞いたことがある。ありゃあ、ニセの鉄砲《てっぽう》だ。おれたちをおどしてるつもりだ。やつにかまうな。夜が明ける前に終わらせちまおう。それ、いそげ！」

アスイはまた鋸《のこぎり》に手をかけた。頭をかかえてはいつくばっていた仲間のふたりもむっくり起き上がった。

アケンじいさんはにやりと笑って、

「あばたのアスイ！　ニセの鉄砲《てっぽう》かどうか、よっく見るだ。切るなら切ってみろ。弾《たま》がどっちにとんでっても、おら知らねえぞ」

と、いいはなった。

アスイは腰《こし》から鉈《なた》をぬいて、アケンじいさんにむけてふりまわしながらいいかえす。

「そんな棒《ぼう》っきれ、とっととかたづけて、てめえの小屋に帰って、さっさと寝《ね》ちまえ、くそおやじ！　いつまでもぐたぐたぬかしやがると、てめえの頭から先にたたっ切る

＊大躍進《だいやくしん》：一九五八年に始まった共産をめざした大増産《だいぞうさん》などの全国的な活動。

ぞ」

いいながらアスイはすでに半分がた鋸《のこぎり》の入った松《まつ》の切り口に、カッカッと鉈《なた》をふり下ろした。松《まつ》がぐっとかたむいた。

カチリ、と音がした。アケンじいさんが鉄砲《てっぽう》の引き金をひいたのだ。つづいてバーン、と銃声《じゅうせい》。弾《たま》はアスイの頭のてっぺんをかすめ、その先の岩にあたって火花をちらした。

アスイが、ぎゃっと叫《さけ》んだ。

「助けてくれ！　ほんとに射《う》ちやがったー」

すごい一発だった。銃声《じゅうせい》がいつまでも山々にこだまし、真っ黒な烏《からす》の群《む》れがおどろいて林から飛びたち、ばさばさと空にまいあがって、アーアー鳴きさわいだ。

まもなく山の下のほうから、ドドドドド、という小型トラクターの音が起こり、やがて夜の闇《やみ》のなかを遠ざかっていった。木を盗《ぬす》みにきたやつらが手ぶらで引き上げていったのだ。山林はふたたび静けさをとりもどした。

アケンじいさんは岩の上に銅像《どうぞう》のようにつっ立っていた。やがてだらりと手をおろしたかと思うと、鉄砲《てっぽう》をとり落とし、頭をがくんと前にたれた。じいさんの全身がふるえだした。どうしたんだろう。ぼくはあわてて駆《か》けよって、アケンじいさんを抱《だ》きとめた。

なんと！　アケンじいさんの身体は木の葉のようにふるえていた。

「じいちゃん、どうしたんだ。さ、帰ろうよ」

岩の上から抱《かか》えおろそうとしたとたん、アケンじいさんは「うーん」とうなってぶっ倒《たお》れた。

あわてて懐中電灯《かいちゅうでんとう》をかざしてみると、アケンじいさんは目をぎゅっとつぶって、顔の筋肉《きんにく》をぶるぶるふるわせ、口のはしから泡《あわ》をふいていた。ぎゅっとちぢめた手足が、はげしくけいれんしていた。

「アケンじいちゃん！　アケンじいちゃん！」

ぼくがむちゅうで名をよぶと、じいさんはうめきながらほんのすこし目を開け、「薬、ポケット……」と苦しそうにいった。

ぼくはじいさんの汗《あせ》まみれのシャツのポケットから小さな薬びんをさがしだして、口に一粒《つぶ》くわえさせた。じいさんは薬を飲みこもうと口をもごもごさせた。水がない。さあ、どうしよう。

ふと思いついてぼくは路ばたから手のひらほどの大きさのギボシの葉をむしって沢《さわ》に下り、水をすくってきて、そのわずかな水でなんとかアケンじいさんに薬を飲ませた。

じいさんは、しばらくうめいていたが、「シャオシン、おらあ、持病が出ちまっただ。心配するな。二日ほど眠《ねむ》ったら治るだ。松林《まつばやし》のなかに寝《ね》かしてくれろ」といった。

松林《まつばやし》にかつぎこんで、厚《あつ》くつもった松葉《まつば》の上によこたえると、じいさんはすーっと眠《ねむ》りに落ちた。ぼくはそばでじっとアケンじいさんを見守っていた。空が白んで、そろそろ夜明けが近かった。

3

「悪人は先手をうって告訴《こくそ》する」ということばどおり、マーチア村のやつらがアケンじいさんを「銃砲《てっぽう》不法所持」と「殺人《さつじん》未遂《みすい》」で県に訴《うった》えでた。県から警官《けいかん》が二名やってきて、現場《げんば》を調べ、山小屋で銃砲《てっぽう》を見つけると、アケンじいさんを逮捕《たいほ》した。じいさんは地区役場の応接室《おうせつしつ》に監禁《かんきん》された。あの夜、てんかんの発作を起こしたあとしばらく、じいさんはこんこんと眠《ねむ》りつづけた。監禁《かんきん》されてからも、ときおり「うーん」とうめいたり、薬と水を飲ませてもらうほかは、臨時《りんじ》に板でしつらえたベッドの上で、ほとんど眠《ねむ》りどおしだった。

さいわい地区役場の炊事《すいじ》がかりのロン（栄）さんがアケンじいさんの従弟《いとこ》にあたる人で、じいさんに時間どおりご飯を食べさせたり、水や薬を飲ませたり、夜はいっしょに寝《ね》てくれたり、なにくれとなく世話をしてくれた。ロンさんのおかげでアケンじいさんの身体はすこしずつ快方にむかっていった。

ある朝、ぼくが見舞《みま》いにいくと、じいさんは上半身はだかで窓《まど》にむかい、裏山《うらやま》の松林《まつばやし》をぼんやりながめていた。ずいぶん長いあいだ、ぼくがいるのにも気づかないようすだった。

「アケンじいちゃん。だいぶよくなったか」

ぼくはしびれをきらしてじいさんに声をかけた。

「おう、シャオシンか。いやあ、今度ばかりはまいっただよ。むし暑くって、そよとも風が来ねえし。骨《ほね》の節《ふし》ぶしが痛《いた》むし。これはよくねえ前兆《ぜんちょう》だべ。また龍《りゅう》の風が吹《ふ》かなけりゃいいだが」

じいさんは握《にぎ》りこぶしで腰《こし》をとんとんたたきながら、話をつづけた。

「シャオシンよ、チウシャン（裘山）の木は、今だれが守ってるだ。なんだか、だれかがどろぼうしてるみたいだぞ。木を切る音が聞こえてこねえか？」

「あれはだれかが谷川で、拍子木《ひょうしぎ》をたたいて魚を追いこんでる音だよ。チウシャンはだいぶはなれてるから、もし木を切るやつがいても、ここまでは聞こえてこないだろ」

「なにはともあれ、おら、歩けるようになった。山に帰るだ。やつらがおらの留守《るす》につけこむのをほってはおけねえから」

そういうとアケンじいさんは上着をひっかけ、山脚絆《やまきゃはん》をすねにまきつけ、部屋のすみにあった棒切《ぼうき》れを持って外へ行こうとした。ところが玄関《げんかん》に行き着く前にロンさんに見つかってしまった。

「あらあら、兄さん。なかで休んでてくれ。外はかんかん照りだ。そんな身体で外へ出たら、ひっくりかえっちまうだ」

ロンさんはアケンじいさんを部屋に連れもどし、遠慮《えんりょ》なくドアに鍵《かぎ》をかけてしまった。

アケンじいさんは棒切《ぼうき》れでドアをがんがんたたきながら怒鳴《どな》りちらした。

「おらが何したっていうだ。えー？　何日もかんづめにしやがって、まだ足りねえだか。あーん？」

「ロンおじさん、じいちゃんを帰してやってよ」

ぼくもいっしょになって頼《たの》んだ。じつはぼく自身、一日も早くアケンじいさんといっしょに山に帰りたかったのだ。チウシャンのいただきにある蔦《つた》のからまる石造《いしづく》りの山小屋は風通しがよくて、とてもいごこちがよかったし、アケンじいさんがいう龍《りゅう》も見たかった。

「シャオシン、あんたがルオ（羅）地区長の息子だからって、こればっかしは聞けねえだ。アケンじいさんが何の法にふれたかは、おら知らねえ。しかしだ。ルオ地区長の許《ゆる》しがなくては、おら、じいさんを行かすわけにいかねえだ」

そういうとロンさんは水桶《みずおけ》をかついで谷川に水汲《みずく》みに行ってしまった。

そうか。父さんがアケンじいさんを監禁《かんきん》しているのか。それなら父さんにかけあいに行こう、とぼくは思った。

父さんは「五里《ごり》が浦《うら》ダム」の工事現場《げんば》にいた。ぼくは九キロちかい道をせっせと歩き、竹でこしらえた現場事務所《げんばじむしょ》でようやく父さんをつかまえることができた。

事務所《じむしょ》の入り口近くには小型ジープが一台と自動車が十台ぐらいとめてあった。またなにか幹部会議《かんぶかいぎ》をやっているらしかった。ぼくは窓《まど》の外からなかのようすをうかがった。

しかし、ときおり咳払《せきばら》いが聞こえるほかは、タバコの煙《けむり》のものすごい匂《にお》いが窓《まど》の外に流れてくるばかりだった。どうやら会議はうまくいっていないらしかった。

しばらくようすを見ていると、現場事務所《げんばじむしょ》から父さんが出てきた。父さんは谷川の岸にしゃがみこむと、水をすくって頭にかけた。水が首すじをつたって背中《せなか》がぬれるのに、父さんは、「ひょう、気持ちいい！」などといった。

つづいてティン（丁）おじさんも出てきた。おじさんは父さんとは大学時代からの友達で、いまは県の役所ではたらいていると聞いている。おじさんは父さんのそばまできて、声をひそめて話しかけた。

「おい、ルオ君。鋼鉄《こうてつ》づくりは上からのお達しなんだぞ。まわりの地区はみんな命令どおりやりだしたのに、さっきのあんたの発言はなんだよ」

「心配するなって。水田を深くたがやして苗《なえ》をぎっしり植える運動も、水利事業の振興《しんこう》も、おれたちチウシャン村は先頭をはしっている。だがね、森林を切りまくって鋼鉄《こうてつ》をつくるっていうこんどの話だけは、なんとしてもなっとくできないんだ。なにかあったらおれが責任《せきにん》をとるつもりさ」

父さんがきっぱりいったので、ティンおじさんもそれ以上なにもいえなくなったようだった。

現場事務所《げんばじむしょ》から、なにか大声で議論《ぎろん》する声が聞こえてきた。休憩中《きゅうけいちゅう》なのだろう。今のうちだと思って、ぼくは父さんに近づいた。父さんはぼくを見ておどろいたらしい。

「あれれれれ、この真っ黒な山猿《やまざる》。どこから降《ふ》ってわいたんだ。毎日どこで寝泊《ねとま》りしてた。んー？」

「ぼくずっと、アケンじいちゃんといっしょだった。ちゃんといっといたじゃないか。忘《わす》れてた？」

「おー、忘《わす》れてた忘《わす》れてた。おまえは山守《やまも》りの助手になったんだっけなあ。よしよし。中学を卒業《そつぎょう》して、もし高校受験に失敗したら、ここに来てアケンじいさんの後継《あとつ》ぎになればいい。で、父さんに何か用か？」そばでティンおじさんも笑って聞いていた。

「父さん、なんでアケンじいちゃんを監禁《かんきん》するんだよ。なにも悪いことなんかしてないのに！」

「マーチア村の人たちは銃砲《てっぽう》不法所持とか殺人未遂《さつじんみすい》とかいってるぞ。たいした罪《つみ》だろうが」

「でたらめだ。ぼくは現場《げんば》にいあわせたんだから」

ぼくはあの夜、山のなかで起きた出来事をくわしく話した。会議に来ていた人たちも現場事務所《げんばじむしょ》から出てきて、ぼくの話に耳をかたむけた。

ぼくが話しおえると、父さんはぼくの頭をぽんとたたいていった。

「よしよし、おまえのいうとおりだよ。ちょっとおまえをからかってみただけさ。アケンじいさんのことは調査《ちょうさ》ずみだ。

あの銃砲《てっぽう》は十年前の土地開放闘争《とうそう》で民兵《みんぺい》がつかってたもので、とっくに廃棄処分《はいきしょぶん》になって、しろうと芝居《しばい》の小道具に払《はら》い下《さ》げたものだ。劇団《げきだん》が解散《かいさん》するとき倉庫に放りこんどいたのを、じいさんが山を見回るとき、安心のために持ち歩いてたんだろ。

弾《たま》のほうは村の子どもがひろったやつだ。あの夜はじいさんもほんとうに気がおかしくなってたのかもしれない。悪鬼《あっき》に取りつかれてたのかもしれないな。あのこわれた銃《てっ》砲《ぼう》からほんとに弾《たま》がとび出すとはなあ。材木どろぼうのやつらよりなにより、まずじいさんがおどろいて、腰《こし》をぬかしたってわけだ」

父さんは笑いながら会議に集まっている人たちを見回して、ことばをつづけた。

「警察《けいさつ》があとで調べたところ、薬莢《やっきょう》がとけちまって、銃身《じゅうしん》からはずれなくなっていたとさ」

ティンおじさんも笑いながらいった。

「アケンじいさんの銃砲《てっぽう》もなかなか威力《いりょく》があったというわけだ。ここ数日、ものすごく材木どろぼうが多いんだ。ところがきみたちのチウシャンだけはだれも手を出さない。へんくつのアケンが銃砲《てっぽう》持って見回ってるといううわさが立ってさ。松《まつ》の二、三本で命を落としちゃ引き合わないというわけだろうな。本気で山を守ろうと思ったら、アケンじいさんぐらいの意気ごみがなくちゃあ、だめってことかな」

ぼくはうれしくなって父さんの手をひっぱって、

「アケンじいちゃんはいい人だよね。じいちゃんは手柄《てがら》を立てたんだよね。だのにどうして監禁《かんきん》するんだよ。帰してくれないんだよ」と笑いながらいった。

「なんだ、おまえはそれで父さんに抗議《こうぎ》しにきたのか。シャオシン、おまえもだいぶ大人《おとな》になったな。夏休みに山へ来たのもむだじゃなかったようだ。ほんとうのことをいおう。じいさんがいい人だからこそ、父さんは監禁《かんきん》してるんだ」

「え、どういうこと？」

「おまえもじいさんの気性《きしょう》は知ってるな。このところ材木どろぼうや山林破壊《はかい》が大流行《おおはや》りだ。こんなときあの気性《きしょう》のはげしいじいさんを山に帰したらどういうことになると思う。そうでなくてもじいさんには持病があるんだ。もうチウシャン村のほうには、ほかの山守《やまも》りを配置するように連絡《れんらく》してある」

「アケンじいちゃんは承知《しょうち》しないよ。だって、がんこなんだから」

大人扱《おとなあつか》いされたのがうれしくて、ぼくもせいいっぱい大人《おとな》っぽい口をきいた。

「わかってる。身体がもとどおりに治るまでは、じいさんを山へ帰すわけにはいかないということだ」と、父さんはいった。

4

蟬《せみ》が狂《くる》ったように鳴き、日ましに暑さがきびしくなっていった。天気予報《よほう》は連日、「局地的な雷雨予報《らいうよほう》」を出しているのに、ぼくらの村にはそよりとも風が吹《ふ》かず、一滴《いってき》の雨も降《ふ》らなかった。

その日は晩飯《ばんめし》どきになって、北の空に黒雲がむくむくわきだした。黒雲はみるみるうちに北山の山頂《さんちょう》をかくし、やがて空全体をおおいつくした。晩飯《ばんめし》をすませて日が落ちるころ、ぼくはいつものように中庭に出て、夕涼《ゆうすず》みがてら石のベンチにゴザをしいて寝《ね》そべった。役場の来客用宿泊室《しゅくはくしつ》は死にそうに暑かったからだ。

風がそよそよと干《ほ》し草《くさ》のようなにおいを運んできた。気持ちよかった。この数日よく眠《ねむ》れなかったので、横になったとたん、ぼくはぐっすり眠《ねむ》りこんでしまったらしい。

ぼくは海で泳ぐ夢《ゆめ》を見ていた。

ふー、気持ちいい。

スイスイ、沖《おき》にむかって泳いでいくと、突然《とつぜん》目の前に龍《りゅう》があらわれた！ ごうごうたる海鳴り。ぼくはたまげて、引き返そうとした。ところがまわりじゅうから海が盛《も》り上《あ》がってきてぼくを飲みこもうとする。鼻からも口からも海水が入ってくる。ぼくは息も絶《た》えだえになって、もがき叫《さけ》んでベンチからころがり落ち、夢《ゆめ》からさめた。だのにまだごうごうたる海鳴りがぼくをとりまいていた。

目をこすっているうちにようやくはっきりしてきた。海鳴りではなく風のほえる音だったのだ。

遠くの山も近くの山も、木々がごうごうとうなって、離陸寸前《りりくすんぜん》の飛行機みたいなすごい音をたてていた。ぼくは起きあがって、ゴザをまいて来客用の宿泊室《しゅくはくしつ》にひきあげようとした。と、そのとき一陣《いちじん》の突風《とっぷう》がおそいかかり、ぼくの手からゴザをさらっていった。ゴザは糸の切れた大凧《おおだこ》のようにばたばたと屋根のてっぺんにまいあがり、飛んでいってしまった。

ゴザどころではない。ぼくはなかに逃《に》げこもうとした。もう真夜中近かった。父さんの部屋には鍵《かぎ》がかかっていたし、ほかの部屋もからっぽでだれもいなかった。ぼくはなんだかさびしくて、ぞくぞくしてきた。夏休みで山に来てから、こんな気持ちになったのははじめてだった。

アケンじいさんのところへ行ってみよう、とぼくは思った。じいさんといっしょならおそろしくない。アケンじいさんの「監禁室《かんきんしつ》」になっている応接室《おうせつしつ》も真っ暗だったが、じいさんは窓《まど》の前に立って空を見上げて何かぶつぶついっていた。

じいさんの姿《すがた》を見たとたん、ぼくはほっとして元気が出てきた。

「じいちゃん、眠《ねむ》れないのか」

「ああ、足腰《あしこし》がずきずきするし、ちっとばかりめまいもする。また病気がでそうだ。それに、この風だべ」じいさんはしわだらけの顔をあげて鼻をひくつかせ、「においが気になるだ。なまぐさくて、龍《りゅう》の風みたいだな、これは」といった。

「なまぐさいって、ぼくにはわからないけど」

ぼくもいっしょうけんめい鼻をひくつかせた。たしかに何かにおいがした。熱気としめりけにまじって松《まつ》や草い、い、き、れ、みたいなにおいだった。

風がだんだんひどくなってきた。庭の夾竹桃《きょうちくとう》が地面にたたきつけられそうになり、屋根の大瓦《おおがわら》がガラガラとものすごい音をたてて吹《ふ》きとんだ。空には黒雲が乱《みだ》れとび、ときおり稲妻《いなずま》がはしり、松《まつ》のざわめきにまじって、ゴロゴロロッ、ゴロゴロロッと、雷鳴《らいめい》が大地をふるわせた。

「龍《りゅう》の風だ。おらたちのチウシャンにむかってるだ」アケンじいさんがおびえたように叫《さけ》んだ。

「どうしよう」

ぼくもアケンじいさんのおびえがうつって、嵐《あらし》のなかの木の葉のようにふるえだした。禹王廟《うおうびょう》のこわれた塔《とう》や根こそぎにされた檜《ひのき》の大木が、ありとあらゆるものをたたきつぶさんばかりに荒《あ》れ狂《くる》う目の前の嵐《あらし》とかさなって見えた。今にも大災害《だいさいがい》がおそってきそうな気がして、ぼくは生きた心地《ここち》がしなかった。

「こわがらなくてもいいだぞ。龍《りゅう》には人の心が通じるだ。下界に人が住んでるとわかれば、悪さはしねえ。すぐ村の人たちに知らせて、おおいそぎでかまどに火をくべさせるだ」

アケンじいさんはぼくを落ち着かせようとしたが、そういう自分もぶるぶるふるえていた。

ぼくは強風をついて、よろけながら村にむかって駆《か》け出《だ》した。山村の道は上ったり下ったり、容易《ようい》ではない。しかも家々は分散している。いちばん近い家にたどりついたときには、ぼくは息も絶《た》えだえだった。

ドンドンドン、ドンドンドン。

ぼくは必死で戸をたたいた。若《わか》い男がおこったように目をしょぼつかせて、窓《まど》から顔を出した。

「なんだ。ルオ地区長のとこの坊主《ぼうず》じゃないか。真夜中すぎになんの呼《よ》び出《だ》しだ。おれは二晩《ばん》ぶっとおしではたらいたばかりだぞ。やってらんねえな」

「ちがうんです。アケンじいさんに、頼《たの》まれて、連絡《れんらく》してるんです。龍《りゅう》の風が吹《ふ》いてくるから、いそいで、かまどで火を燃《も》やして、龍《りゅう》に合図しろって。ここらには人がいるという合図をしろって」

ぼくは息を切らして、とぎれとぎれに話した。若《わか》い男は寝《ね》ぼけまなこではあったけれど、どうにかぼくのいうことが理解《りかい》できたらしい。いぶかしそうな、あわれむような、化け物を見るような目つきをした。

「なにが龍《りゅう》だ。アケンじいさんがまた気が変になったのか。坊主《ぼうず》、おまえもはやく帰って寝《ね》ろ。せっかく涼《すず》しくなったんだ。しっかり寝《ね》ることった。あんなへんくつじいになんかかまうな。迷信《めいしん》のかたまりなんだから」

ぼくはどうしていいかわからなくなって、しばらくそこにつっ立っていた。空から大粒《おおつぶ》の雨がぱらぱら落ちてきた。まだそれほどはげしい降《ふ》りではなく、風はむしろいくらかおさまったようだった。そのときふと、つーんとなまぐさいにおいがしたような気がした。ぼくは途方《とほう》にくれた。

ちょうどそのとき、かたわらの小さな家に灯《あか》りがついた。ここのうちに住んでいるのは村人たちが「おばあちゃん」と呼《よ》んでいるやさしいおばあさんで、ぼくも顔見知りだった。ぼくはすっとんでいって戸をたたいた。

戸があいた。おばあちゃんはよたよたしながらぼくを家のなかにひっぱりこんで、ぼくの顔の雨と汗《あせ》のしずくをふいてくれた。

ぼくはまた、どもりながらアケンじいさんの伝言をおばあちゃんに話した。おばあちゃんは「なんまんだぶ、なんまんだぶ」と念仏《ねんぶつ》をとなえながら、耳をぼくの口元に押《お》しつけるようにして話を聞き、うなずいてくれた。

おばあちゃんの家の屋根の天窓《てんまど》はもう、強風でこわれかけていた。その穴《あな》から雨が吹《ふ》きこむので、おばあちゃんはあたふたと物入れの箱をうごかしながらぼくにいった。

「なんまんだぶ、なんまんだぶ、アケンはいい人だよ。おまえが来るまでもなく、おらあ龍《りゅう》の風だとわかってた。火を燃《も》やそうと思っただよ。でもよ、火を燃《も》やそうにも燃《も》やすところがねえだよ。共産だ、共産だ、みんないっしょに食堂《しょくどう》でご飯を食べるだって、かまどをこわしたべ。鍋《なべ》は鋼鉄《こうてつ》にするだって、持ってってったべ。なんまんまんだぶ。どこで火を燃《も》やしゃあいいだかね」

ぼくは、はっと思い出した。そうだ。半月前に村じゅうのかまどを全部こわしてしまったのだ。ぼくはアケンじいさんにこのことを話すため、おおいそぎで引き返した。だが役場のどこにもアケンじいさんは見当たらず、ロンさんが一人でグーグー寝《ね》ているだけだった。ぼくがゆり起こしてはじめてロンさんは、アケンじいさんがいなくなったことに気づいたのだった。

山脚絆《やまきゃはん》も山笠《やまがさ》もない。鉈《なた》も懐中電灯《かいちゅうでんとう》もない。アケンじいさんはチウシャンにむかったにちがいない。年寄《としよ》りの病人がこんな真夜中に暴風雨《ぼうふうう》をついて山に登れるものだろうか。ぼくは歯を食いしばり、息もつけないほどの暴風雨《ぼうふうう》のなかをチウシャンにむかって走りだした。

この五キロ近い山道での悪戦苦闘《あくせんくとう》を、ぼくは死ぬまで忘《わす》れないだろう。いつもなら一時間たらずで歩ききる山道に二時間もかかったのだ。

嵐《あらし》のなか、ぼくは、はうようにして山を登った。ぬかるみ、崖《がけ》くずれ、狂《くる》ったような風、とがった岩。ぼくは、なんどとなく谷底にころがり落ちそうになった。上着はひきさけ、靴《くつ》はふっとんだ。はだしではだかのまま、それでもぼくは脇目《わきめ》もふらず登りつづけた。身体じゅう傷《きず》だらけだったが、頂上《ちょうじょう》に行くことだけで頭がいっぱいで、痛《いた》みも感じなかった。

頭上には黒雲が渦《うず》まいていた。稲妻《いなずま》がはしるたび、頭のうえで何頭もの白い龍《りゅう》が踊《おど》り狂《くる》っているような気がした。あきらめろ、チウシャンに登るのはおまえにはむりだ、と龍《りゅう》がいっているようだった。

カラカラ、ピシャーン。

すごい音がして、すぐそばの大銀杏《おおいちょう》に雷《かみなり》が落ちた。ぼくはとっさに地面に伏《ふ》せ、しばらく身動きもできないでいた。

この落雷《らくらい》をさかいに、雷鳴《らいめい》はしだいに遠ざかり、風もすこしずつおさまっていった。そのすきにぼくは最後の力をふりしぼって、とうとう頂上《ちょうじょう》にたどりつくことができた。

あった、あった！　蔦《つた》のからまる石の小屋は無事だった。屋根の煙出《けむりだ》しは夜目にも白く煙《けむり》を吐《は》いていた。風が吹《ふ》きつけるたび、煙《けむり》は千々《ちぢ》に乱《みだ》れ、乱《みだ》れたかと思うとまた一筋《ひとすじ》にまとまって空高くのぼり、ここには人が住んでいる、村がある、山林もあると、白い龍《りゅう》たちへ合図を送りつづけていた。暴風雨《ぼうふうう》の夜の白い煙《けむり》は、ぼくが今までに見たうちでいちばんすごい奇跡《きせき》だった。

「アケンじいちゃん！」

ぼくはわんわん泣きながら、石の小屋にころがりこんだ。

アケンじいさんはかまどの前の松枝《まつえだ》のたばにどっかと腰《こし》をおろして、松葉《まつば》をたばねながらかまどにくべていた。じいさんもやっぱり頭のてっぺんから爪先《つまさき》まで泥《どろ》まみれで、顔からも手からも血が流れていたけれど、しわだらけの顔はかまどの火にてらされて、おごそかにかがやいていた。

「アケンじいちゃん！」

ぼくはじいさんの胸《むね》にとびこんで、おいおい泣いた。

「風はすこしおさまったようか」じいさんはぼくを抱《だ》きしめて聞き返した。

「うん。さっきよりだいぶおさまった」

「煙《けむり》を見て、龍《りゅう》が飛んでっただ」

アケンじいさんはさもほっとしたように、にっこり笑い、火箸《ひばし》を下において立ち上がった。

「さあ、外を見に行くべ。龍《りゅう》を見たいべ」

ぼくたちは小屋の外の岩場に立って、遠くを見た。

黒雲はうすれはじめ、合間からうっすら青い空が顔を出していた。夜が明けかけていた。嵐《あらし》もそろそろ終わりに近く、雨つぶもだいぶ小さくなっていた。風の勢《いきお》いもおとろえて、どうっと吹《ふ》いてきても木々がたわむこともなく、ひとつの方向に木の葉をなびかせるだけで、何かおもしろい踊《おど》りをおどっているように見えた。

「見ろ！　シャオシンよ、ありゃ何かな？」ぼくはアケンじいさんの指さすほうを見た。

そして、龍《りゅう》を見たのだ。

東南の空で白い円柱状《えんちゅうじょう》のものが四、五本、雲に見えがくれしながら踊《おど》りくねっていた。踊《おど》りながら、ころげながら、はるかかなたの黒雲のなかに消え去ろうとしていた。

「行っちまった。龍《りゅう》は人の気持ちがわかるだ。おらがいったとおりだべ」

アケンじいさんは、ほっとため息をついた。緊張《きんちょう》しきっていた顔がふっとゆるんだ。

「人のいうことが、わかるんだ、ねえ」

ぼくもじいさんと同じことをいった。そのとたん、ぼくははげしいめまいにおそわれた。天と地がぐるぐるまわって、目の前が真っ暗になり、うーんとうなって、ぼくは地面にばったり倒《たお》れた。

5

ぼくはひどい病気にかかった。

四十一度もの高熱。扁桃腺炎《へんとうせんえん》と肺炎《はいえん》を併発《へいはつ》して、まる二週間も入院して、やっと元気になったときにはもう、夏休みも終わりかけていた。ぼくは美しいチウシャンと、蔦《つた》のからまるなつかしい石の小屋と、自信満々のアケンじいさんのしわだらけの顔に別れをつげ、町に帰った。

父さんが自転車でぼくをバス停《てい》まで送ってくれた。ひと夏で父さんはぐっと老けこんだようだった。髪《かみ》はばさばさ、顔はどすぐろく、目は落ちくぼんで、やつれきっていた。

「父さん、やせたね。忙《いそが》しすぎだよ」

ぼくは手で父さんのほおのしわをなでた。

父さんは苦笑いして、ほっとため息をついた。

「うむ、忙《いそが》しすぎだ。なあに、忙《いそが》しいのは平気なんだが、すさまじい圧力《あつりょく》に毎日毎日必死で抵抗《ていこう》するのがきつくてなあ」

バスが発車した。道端《みちばた》で手をふって見送る父さんを見たとたん、鼻のおくがつーんとなって、ぼくは思わずぽろぽろ涙《なみだ》をこぼした。

バスが曲がるにつれて、緑したたるチウシャンの山々ははるか後方に消え去り、いくつもの山が近づいたり遠のいたりしていった。チウシャンをはなれると、近づいてくる山々はどういうわけか、どれもこれも木がまばらで、みにくい山肌《やまはだ》をさらけだしていた。木が一本も生えていないはげ山さえあった。夏休みのはじめに町からチウシャンに向かったときはたしか、どの山もチウシャンと同じように緑の木々におおわれていたのだ。ぼくはバスの窓《まど》にしがみついて、思わず大声をあげてしまった。

「どうしたんだよ。みんなはげ山になってるじゃないか」

乗客たちはいっせいにぼくのほうを振《ふ》り向《む》いた。だが、だれも何ともいわなかった。龍《りゅう》の風が吹《ふ》いたのだろうか。この辺には火をたいて煙《けむり》を立てることを知っている人が一人もいなかったのだろうか。そのせいで、白い龍《りゅう》にやられてしまったのだろうか。でも、どうしてここまでひどくやられたのだろう。林という林、山という山が、根こそぎやられてしまうなんて！　なんとすさまじい光景だ。ぼくはとてもつらかった。

これがつまり、十三才のぼくが龍《りゅう》を見た話だ。あんなでっかくて、恐《こわ》くて、そのうえ人のいうことがわかる生きものを見たのは、むろんあのときが最初で最後だ。それからというもの、ぼくは嵐《あらし》が来るたびかならず空を見上げるんだが、あれっきり龍《りゅう》は見ていない。

あの年の冬、父はチウシャンの地区長の地位を追われ、小さなマッチ工場の一労働者になった。あのすばらしい山々が夏休みのあいだにみんなはげ山になったのは、龍《りゅう》の風にやられたためではなく、「全人民による鋼鉄製造《こうてつせいぞう》」のために、小さな高炉《こうろ》でみんなむだに燃《も》やしてしまったからだと、あとになって父はぼくに話してくれた。父は製鉄《せいてつ》工場に反対したため、「白旗をかかげた右派《うは》」といわれ、山からたたきだされたのだった。

さいわいにもチウシャンは、いまでも緑色《みどりいろ》濃《こ》い木々がおいしげっているし、「へんくつ」といわれたアケンじいさんも八十三才の今なお、蔦《つた》のからまる石の山小屋で無事にやっている。

★作家紹介

任《レン》大《ター》霖《リン》

上海《シャンハイ》児童文学の重鎮《じゅうちん》

任大霖《レンターリン》は一九二九年に浙江省《チョーチャン》に生まれました。父親が文学好きで、自ら私塾《しじゅく》を開いて古典を教えていたため、彼《かれ》と兄弟は自然と文学好きになったそうです。彼と四つ年上の兄・任大星《レンターシン》（一九二五年～二〇一六年）の二人は、大きくなってからいずれも児童文学の作家となりました。

任大霖は小学校の頃《ころ》から作文が得意で、一九四七年の秋に、師範《しはん》学校に合格した頃から、積極的に文学作品を書き始めるようになりました。一九四九年に中華人民共和国が成立すると、任大霖は中国共産主義青年団省委宣伝部に所属し、機関紙の編集の仕事をするようになり、一九五三年に中国共産党に加入した後は、上海《シャンハイ》に移り、前年末に成立したばかりの子どもの本の専門出版社・少年児童出版社で編集者となりました。

子どものための作品を書くようになったのは、上海に移ってからのことで、編集者として仕事をする傍《かたわ》ら、精力的に作品を執筆《しっぴつ》しました。一九五三年から一九六五年までの間だけでも、一〇〇編近くの作品を執筆し、一〇冊の本を出版しています。一九五七年に書かれた「渡口（邦題《ほうだい》「チィ兄ちゃん」中由美子訳、『チュイホアねえさん：戦火のなかで子どもたちは』所収、一九九四年）」は、二〇〇二年に日本で小学校の国語教科書に掲載《けいさい》されました。

文化大革命中（一九六六年～一九七六年）は、執筆活動を停止していましたが、一九七八年から執筆活動を再開し、少年児童出版社で、編集長としてさまざまな雑誌の編集をする一方で、多くの作品を残しました。本作「龍風（龍《りゅう》の風）」はこの頃に書かれたものです。文化大革命の頃の、混乱した中国の雰囲気《ふんいき》がよく伝わる作品になっています。

一九八九年三月、上海に「中日児童文学交流中心（センター）」が成立すると、任大霖は理事兼《けん》副会長となり（初代会長は陳伯吹）、日中交流につとめました。

（成實朋子）

あとがき

日中児童文学美術交流センター副会長・会長代行　渡邊晴夫

　中国語圏の現代児童文学の代表作八篇を読者の皆さんにお届けできるのはうれしいことである。本書は二〇〇九年四月、日中児童文学美術交流センター創立二十周年の記念事業の一つとして当時の会長中尾明氏から『虹の図書室』の代表作を選んで出版しては、という提起があって、はじまったものである。責任者には『虹の図書室』の編集責任者である渡邊晴夫がまず選ばれ、以後多くの方が編集委員となられて、様々な貢献をしてくださった。現在の編集委員は次の九名である。

　片桐園、河野孝之、きどのりこ、佐藤宗子、高野素子、中由美子、成實朋子、宮川健郎、渡邊晴夫（編集長）

　会長として編集に有益なアドヴァイスをよせてくださった中尾明氏は二〇一二年に惜しくも逝去された。後をついで会長となられた和歌山静子さんも編集会議に積極的に参加してくださった。森下真理さんは毎回の編集委員会に熱心に参加され、作家として忌憚のない意見を述べてくださったが、二〇一七年に惜しくも逝去された。画家で編集委員の津田櫓冬さんは本書の出版が大詰めにさしかかった二〇二〇年十一月惜しくも急逝された。

編集委員会で何度も協議を重ねる中で二〇一四年四月、収録する作品は、幼年篇八篇、少年篇七篇の十五篇にしぼられ、出版はセンター創立以来事務局を置かせてくださった小峰書店にお願いしようということになった。これは森下真理さんのお勧めであった。

二〇一四年七月宮川健郎氏と渡邊が小峰書店を訪問、小峰紀雄社長と編集部の山岸都芳さんに出版のご相談をした。小峰社長は快く話を聞いてくださり、中国の児童文学出版の意義を語られ、まず版権の許可をとるのが課題であることを指摘された。小峰社長と山岸さんは私たちの求めに応じて編集者としての忌憚のないご意見を十五篇の作品に対してお寄せくださって、作品の選定を助けてくださった。

二〇一五年三月の編集委員会で八篇の作品が最終候補作品となった。同年秋、中由美子委員によって外国語版の版権は作者個人が持っていることが確認され、同時に八人の作者から外国語版を出版することに同意する文書も寄せられた。

二〇一六年は訳者による訳文の推敲に当てられ、二〇一七年三月きどのりこさん、成實朋子さんによる最終チェックを経た訳文と成實委員による各作品の解説をつけた原稿が完成した。

二〇一八年五月小峰書店の渡部のり子編集長との協議に入ったが、小峰紀雄社長が急逝されるという思わぬご不幸があり、出版に向けての協議は中断、二〇一九年になって新社長小峰広一郎氏のもとで再開され、出版に至った。

本書の各作品のはじめのイラストは『虹の図書室』第一巻を飾ったものを使わせていただいた。八篇の作品のうち五篇のイラストは奇しくも津田櫓冬さんが描かれ、他の三篇は篠崎三朗さん、長野ヒデ子さんと故若山憲さんが描いてくださった。快く使用をゆるしてくださった篠崎、長野の両氏と津田、若山両氏のご遺族に心から感謝をささげる次第である。

近年中国と日本の関係、両国の国民の感情は必ずしも好ましい状態にあるとは言えないが、本書が日本の子どもと父母に歓迎され、二つの国の人々を結ぶ一つの架け橋となってくれることを願っている。

本会の熱心な会員であった故家野四郎さんが生前寄付してくださった百万円の浄財が本書の出版を後押ししてくださったことをご報告して、家野さんへの感謝としたい。

訳者・執筆者紹介

★**片桐　園**（かたぎり　その）

一九三八年生まれ、神奈川県出身。愛知大学と東京都立大学で中国語・中国文学を学ぶ。のちに日本子どもの本研究会で児童書について学ぶ。作品に『とんちゃんえほん』（銀河社）、訳書に絵本『よみがえった鳳凰』、ユーモア小説『シャンハイ・ボーイ　チア・リ君』（以上岩崎書店）他。

★**木全　恵子**（きまた　けいこ）

一九四五年、秋田県生まれ。東京都立大学で中国文学を学ぶ。日中児童文学美術交流センター監事。『現代中国児童文学作品集』（「アジア児童文学大会イン宗像」に、孫幼軍著『ふしぎなおじいさん』シリーズ一）を、センター機関誌『虹の図書室』（一、四、五、七、八号）に、同シリーズ二～六を発表。

★**高野　素子**（たかの　もとこ）

一九五九年、大阪府生まれ。学習院大学文学部国文学科卒。一九八四年から八七年、上海・復旦大学中国文学部に留学。日中児童文学美術交流センター理事。中国児童文学研究会会員。訳書に『真夜中の妖精』『なかなおりの魔法』『精霊のなみだ』（「トゥートゥルとふしぎな友だち」シリーズ・あかね書房）などがある。

★**寺前　君子**（てらまえ　きみこ）

大阪生まれ。大学卒業後、高校に勤める。仕事の傍ら、中国児童文学の翻訳を『虹の図書室』『中国児童文学』『世界の子どもたち』等に発表。訳書『中国うさぎドイツの草』（周鋭・周双寧作・てらいんく二〇二〇年）。二〇二〇年まで中国児童文学研究会関西事務局の業務を担う。現在、満洲児童文学を研究している。

★中 由美子（なか　ゆみこ）

長崎市に生まれる。縁あって中国語を学び、中国児童文学と幸せな出会いをして、現在に至る。著書に『中国の児童文学』（久山社）、訳書に『青銅とひまわり』『あたしは花ムーラン』（以上樹立社）、『カバランの少年』『サンサン』（てらいんく）、『学校がなくなった日』（素人社）、『京劇がきえた日』『絵本西遊記』（童心社）他。

★渡邊 晴夫（わたなべ　はるお）

一九三六年、東京の生まれ。東京大学大学院修士課程修了。主に中国の作家孫犁と微型小説を研究。名古屋外大、長崎大、國學院大で教授を歴任。児童文学は曹文軒、張之路、秦文君、湯湯などの作品を四十篇あまり翻訳、『虹の図書室』、『中国児童文学』に発表。著書に『超短編小説序論』（白帝社、二〇〇〇年）など。

★成實 朋子（なるみ　ともこ）

大阪市に生まれる。一九九二年から一九九三年、大阪教育大学大学院在学中に中国政府奨学金で南京師範大学に留学。帰国後日中比較児童文学の研究を始める。中国語圏児童文学に関する評論・論文を雑誌『中国児童文学』・『日中児童文化』等に発表している。現在は大阪教育大学国語教育講座に勤務する傍ら、日中児童文学美術交流センター事務局長を担当している。

★きどのりこ（城戸　典子）

一九四一年、神奈川県に生まれる。児童文学の創作と評論に携わる。日本児童文学者協会理事。同国際部部長。ファンタジー研究会会員。アジア児童文学日本センター会員。『パジャマガール』『ともに明日を見る窓』『世界の子どもの本から「核と戦争」がみえる』など。

日中児童文学美術交流センターについて

日中児童文学美術交流センターは、日本と中国の児童文学・絵本・子どもの本のイラストレーションなどの交流を目指して、一九八九年に設立された民間団体。上海にある中日児童文学美術交流協会と友好関係を結び、相互に会員の派遣を行い、シンポジウムや絵本展の開催等の交流活動を行っている。創設時より機関誌『虹の図書室』を発行し、中国大陸だけではなく、広く中国語圏の児童文学を多数翻訳紹介している。他にも評論誌『日中児童文化』等もあり、中国児童文学・児童文化の情報提供につとめている。

『虹の図書室』代表作選編集委員会

編集長　渡邊晴夫
編集委員　片桐園／河野孝之／きどのりこ／佐藤宗子／高野素子／中由美子／成實朋子／宮川建郎

『虹の図書室』代表作選
中国語圏児童文学の作家たち

2022年2月17日　第1刷発行

編　者……日中児童文学美術交流センター
発行者……小峰広一郎
発行所……株式会社小峰書店
〒162-0066
東京都新宿区市谷台町4-15
TEL 03-3357-3521
FAX 03-3357-1027
https://www.komineshoten.co.jp/
印　刷……株式会社三秀舎
製　本……株式会社松岳社

ISBN 978-4-338-08166-5 NDC 909.29 219P 20cm